SPOILER

CB060954

FERNANDO MACHADO

SPOILER

Labrador

© Fernando Machado, 2024
Todos os direitos desta edição reservados à Editora Labrador.

Coordenação editorial Pamela J. Oliveira
Assistência editorial Leticia Oliveira, Jaqueline Corrêa
Projeto gráfico e capa Amanda Chagas
Diagramação Nalu Rosa
Preparação de texto Iracy Borges
Revisão Andresa Vidal
Imagens de capa Dominio Público (Autor desconhecido), Pexels

Dados Internacionais de Catalogação na Publicação (CIP)
Jéssica de Oliveira Molinari - CRB-8/9852

Machado, Fernando
   Spoiler / Fernando Machado.
   São Paulo : Labrador, 2024.
   176 p.

   ISBN 978-65-5625-596-5

   1. Ficção brasileira I. Título

24-1935   CDD B869.3

Índice para catálogo sistemático:
1. Ficção brasileira

Labrador

Diretor-geral Daniel Pinsky
Rua Dr. José Elias, 520, sala 1
Alto da Lapa | 05083-030 | São Paulo | SP
contato@editoralabrador.com.br | (11) 3641-7446
editoralabrador.com.br

A reprodução de qualquer parte desta obra é ilegal e configura uma apropriação indevida dos direitos intelectuais e patrimoniais do autor. A editora não é responsável pelo conteúdo deste livro.
Esta é uma obra de ficção. Qualquer semelhança com nomes, pessoas, fatos ou situações da vida real será mera coincidência.

Penso que a ideia estúpida de chamar minha amada
esposa com tamanha urgência e submeter-me
à inusitada agonia de não poder vê-la nunca mais
só pode ter sido um descuido do Poder Superior.
Ou, talvez, uma imprescindível arregimentação
pressurosa de almas generosas e sábias, ao
Reino dos Céus, com o propósito de avigorarem
espíritos degenerados.

WANUIRE AFFONSO LOURO
1954 — 2022

Sumário

9	Todo dia ele faz tudo sempre igual!
23	Ele não desperta nem no mesmo dia nem no mesmo lugar
29	Como se fosse o quebra-cabeça de seus filhos
39	Ambos com a muerte jurada
47	Um corredor polonês de autopunição
56	Louvando o desfecho feliz da fuga audaciosa
69	Ela reconheceu o incompetente espião
79	A equipe médica do dr. Leo estava perfeita
92	Criatura e criador estavam no mesmo lugar!
103	*Alea jacta est*
111	A morte do caixeiro viajante
126	Chorou, chorou... até ficar com dó de si
135	Os orixás realizam um anseio perseverante
145	E agora, Benjamim?
155	E que tudo mais vá pro inferno!
163	Primeiro é preciso julgar, para depois condenar!

"Todo dia ele faz tudo sempre igual!"

Cada novo dia do dr. Clóvis Valancy de Oliveira Filho iniciava-se quando o ponteiro auxiliar do seu despertador de corda alcançava o número nove do visor numérico, destravava automaticamente a mola interna tensionada e liberava energia, para que as engrenagens do relógio ativassem o movimento cíclico do martelinho externo que, ao se chocar com as duas sinetas laterais superiores, provocava o som estridente. Clóvis passava o braço sobre seu corpo estendido na cama e, com o dedo indicador da mão direita, acionava a trava da mola, desativava o movimento e cessava o ruído.

Na realidade, entre oito e nove horas da manhã, Clóvis não se encontrava mais no estágio de sono profundo nem na companhia de sua esposa Valentina. O burburinho, por causa do preparo do café da manhã e dos arranjos para despachar Clovíco, Laura e Caetano para a escola, o mantinha na fase de transição entre o sono e a vigília, ansiando pelo retorno do cobiçado silêncio matutino. Então, com um lento movimento corporal, sentava-se à beirada da cama, apoiava as mãos nos joelhos e fazia três flexões dorsais, aproximando e afastando o tronco de suas coxas; rotacionava algumas vezes a cabeça ao redor dos ombros, respirava profundamente e se levantava.

Dr. Clóvis não tinha dificuldade em cumprir o ritual de todas as manhãs com perfeição e rapidez. Valentina preparava o básico das tarefas matutinas do marido na noite anterior e as finalizava, logo cedo, enquanto ele ainda dormia. Assim, ao despertar, Clóvis encontrava navalha, pincel e cumbuca, para preparo da espuma de barba, no tampo do gabinete da pia ao lado da cuba; sabonete e xampu no nicho da parede do recinto de banho; toalhas secas nos ganchos, ao lado da saída do box; o terno cinza-claro e o colete cinza-escuro no mancebo de madeira em um dos cantos do dormitório; a camisa branca com gola e mangas engomadas, abotoaduras, relógio de bolso e gravata-borboleta no aparador e, na parte de baixo, o par de sapatos pretos engraxados, com as meias sociais na parte de dentro.

Com o banho tomado, a barba feita e perfumado, Clóvis desceu a escadaria de madeira vestindo o robe de chambre branco e se dirigiu à mesa da sala de jantar, para compartilhar com Valentina a apetitosa e aromática primeira refeição do dia. Sentou-se na sua habitual cadeira e abriu o jornal, posto ao lado de seu prato, para tomar conhecimento das manchetes do dia, enquanto Valentina se aproximou, trazendo o bule de café, a leiteira e o açucareiro de porcelana numa bandeja de prata. Durante a refeição, conversaram sobre trivialidades, uma vez que, na parte da manhã, Clóvis não gostava de falar sobre problemas domésticos nem sobre a conduta ou educação dos filhos.

Em seguida, ele retornou ao pavimento superior, escovou os dentes e, num piscar de olhos, vestiu-se para a labuta diária. Em menos de quinze minutos, Clóvis chegou à cozinha e se despediu de Valentina com um beijo no rosto. Dirigiu-se, então, ao corredor que levava à porta de saída da residência. A meio caminho, deteve-se em frente ao espelho do mancebo social, alcançou o chapéu e o guarda-chuva. Satisfatoriamente paramentado, seguiu até o final do corredor, abriu a porta e foi-se embora.

Com o guarda-chuva enganchado no braço esquerdo, iniciou a subida do pequeno trecho em aclive da rua Pelotas, enquanto ajeitava o chapéu na cabeça e dirigia seu olhar contemplativo para as cercanias, certificando-se de que o dia estava esplêndido e prometia ficar assim até o anoitecer.

Durante o trajeto até a rua Amâncio de Carvalho, onde se encontrava o ponto de ônibus para o Vale do Anhangabaú, Clóvis cumprimentou diversos vizinhos e vizinhas que, nessa hora da manhã, ocupavam-se em cuidar dos respectivos jardins repletos de folhas outonais.

Embarcou no ônibus das dez horas, cumprimentou o motorista conhecido de longa data e sentou-se no único banco individual à frente da cabine. A grande vantagem desse trajeto era que o ônibus partia da estação final, em que Clóvis embarcava, até a estação inicial no Vale do Anhangabaú, onde ele desembarcava, sem se importunar com esbarrões e incômodos com os outros usuários. A desvantagem é que ele assistia, de muito perto, ao embarque de todos os passageiros, e ele tinha de fazer um esforço hercúleo para não demonstrar a repugnância que sentia ao presenciar a entrada de um preto folgado ou de um viado desmunhecado. Ele nunca negou que era um ser humano preconceituoso. Nasceu assim, morreria assim.

Regozijou-se e interagiu com inúmeras situações e pessoas durante a viagem: o barbeiro fazendo-lhe um aceno da porta de sua barbearia na rua Tutóia; o burburinho das crianças no parque infantil do Ibirapuera, na rua Curitiba, na qual seu filho caçula, Caetano, passava as manhãs; o engraxate organizando seus produtos no interior do assento movediço de madeira, na rua Abílio Soares, enquanto o cliente aguardava sentado no cadeirão alto, lendo o jornal; a mãe altiva e orgulhosa empurrando o carrinho duplo de bebê, bem em frente à Sears Roebuck do Brasil, na Praça Oswaldo Cruz, proclamando a existência dos filhos gêmeos.

O dr. Clóvis colocou a mão na boca, disfarçando um sorriso maldoso, ao flagrar a mulher, carregando duas sacolas nas mãos, bater a cabeça com força na porta de vidro fechada de uma loja, na avenida Brigadeiro Luís Antônio, justamente quando o ônibus passou em frente, bem devagar, para ele ouvir o barulhinho da batida.

Por fim, o ônibus retornou ao ponto inicial no Vale do Anhangabaú e os passageiros iniciaram o desembarque. Clóvis, sempre o último a descer, passou na catraca, cumprimentou carinhosamente o cobrador gaúcho e lhe entregou o valor exato da passagem.

Demonstrando bom humor e satisfação, ele adentrou a galeria Prestes Maia e tomou o rumo das escadas rolantes recém-inauguradas que o conduziriam até a Praça do Patriarca, região alta da cidade, com acesso ao Viaduto do Chá à esquerda e à rua da Quitanda adiante, em que, na esquina com a rua Álvares Penteado, localizava-se o Cartório Valancy.

Ao longe, ele enxergou o porteiro, sr. Thomas, elegantemente engalanado, abrindo a porta do cartório para um cliente. Assim que Thomas notou a aproximação do dr. Clóvis, abriu um sorriso de dentes grandes e brancos, cumprimentando-o com deferência. Ele sabia que o dono do cartório não gostava de usar, na parte da manhã, o acesso particular à rua Álvares Penteado. Assim, ele manteve a porta aberta para o dr. Clóvis ingressar, como se fosse um usuário comum.

O dr. Clóvis entrou e manteve lentas as passadas pelo saguão, para desfrutar o prazer de ouvir o burburinho de tanta gente falando ao mesmo tempo; os clientes exibindo documentos, perguntando, gesticulando; os funcionários explicando, datilografando, carimbando, selando e emitindo comprovantes; os operadores de caixas recebendo, conferindo, guardando o dinheiro na gaveta móvel e entregando o recibo impresso pela caixa registradora. Gostava também do cheiro do saguão principal do cartório: uma mistura de bolor de papel antigo, tinta de fitas das máquinas de escrever, transpirações e mescla de perfumes baratos.

Ele abriu a porta privativa dos funcionários, tomou o pequeno elevador de serviço, fechou a porta pantográfica e digitou o número três na botoeira dos pavimentos. Passou direto pelo segundo andar, onde ficavam as salas de reunião dos tabeliães com os clientes, além da grande sala de arquivos; desceu no terceiro e último andar do prédio e tomou a direção da porta de seu gabinete de trabalho.

Ele sorriu ao ver, mais uma vez, o cabideiro externo ao lado da porta de entrada do gabinete, reservado aos visitantes, exibindo o casaco do dr. Modesto pendurado. Ele sempre vestia seu abrigo antes de entrar para falar com o dr. Clóvis e o pendurava novamente no cabideiro ao sair do gabinete. É que o escrivão não suportava a temperatura de dezoito graus exigida pelo dr. Clóvis na sua sala, mesmo antes de ele chegar ao cartório.

O dr. Clóvis adentrou o gabinete, acomodou o chapéu e o guarda--chuva no mancebo, foi ao toalete lavar as mãos e sentou-se na cadeira da mesa de trabalho, enorme e luxuosa, para iniciar sua jornada do dia. As três batidinhas na porta revelavam que se tratava de Márcia, sua secretária particular, trazendo numa bandeja de prata o café aromático, o copo e a jarra d'água. O dr. Clóvis acionou o botão sob o tampo da mesa e destravou a fechadura da porta para que ela entrasse.

— Bom dia, dr. Clóvis! — cumprimentou-o, exibindo o tradicional sorriso de todas as manhãs, enquanto caminhava em direção ao aparador. Depositou a bandeja sobre o tampo, segurou o copo com uma mão e encheu-o de água; alcançou o pires do café com a outra mão e foi até a parte frontal da mesa do tabelião-chefe, na qual dispôs, lado a lado, a xícara e o copo. — Alguma reserva para o almoço de hoje?

— Bom dia — retribuiu o cumprimento, sempre extasiado pelo "passeio" matutino da secretária pelo interior do gabinete, dando a impressão de que estava desfilando na passarela de um famoso estilista. — Hoje eu pretendo dedicar mais tempo à pintura e não vou sair. Por favor, passe-me o cardápio da Casa Godinho.

— Sim, claro — falou e deu passadas rápidas em direção à cômoda de madeira no canto da sala. Abriu uma das gavetinhas superiores e manuseou alguns cardápios de restaurantes próximos, escolheu um deles e voltou à frente da mesa. — Eis aqui, dr. Clóvis. O senhor quer fazer o pedido agora ou prefere que eu volte mais tarde?

— Agora mesmo! — respondeu enquanto percorria com os olhos o delicioso cardápio, e sua secretária retirava um bloco de notas e uma caneta do bolso do uniforme. — Lanche de *jamón* com queijo, cheesecake de limão e uma taça de vinho Sauvignon Blanc, que você encontra na adega particular no ateliê. Vou almoçar por volta de treze horas.

— Sim, senhor! — anuiu. — Algo mais?

— Não, obrigado. — Negou com um gesto de cabeça, enquanto ela saía apressada do gabinete.

Clóvis levantou os dois braços e entrelaçou as mãos na nuca, respirou fundo e alcançou a primeira pasta da pilha amontoada na bandeja de entrada de documentos, sobre o lado esquerdo de sua mesa. Abriu a pasta à sua frente — sobre o porta-bloco de anotações, com a gravação de seu nome na faixa de couro do rodapé transmitindo elegância e personalidade —, analisou meticulosamente o documento e, após constatar a sua legitimidade, firmou com sua caneta-tinteiro Parker 51 a pitoresca assinatura de sete vaivéns diagonais, autenticando-o. A seguir, fechou a pasta com o documento legalizado no interior e acondicionou-a na bandeja de saída, à direita da mesa.

Quando ele estava pela décima pasta, o ruído seco da batida única na porta anunciava a presença do dr. Modesto Nunes Cerqueira, notário sênior da Serventia.

Da mesma forma, ele apertou o botão sob o tampo da mesa e destravou a fechadura da porta de entrada. O escrivão entrou trajando, além do casaco requintado, um estrambólico cachecol de lã vermelho ao redor do pescoço.

— Bom dia, Clóvis — mesurou-o sorridente, atrapalhando-se com as pastas debaixo do braço. — O tempo promete um belo dia de sol e um gordo faturamento. O cartório está lotado.

— É mesmo? — perguntou, gracejando. — Pelo jeito, você vai para Ushuaia.

— É a garganta, Clóvis — respondeu o escrivão. — Está me matando!

— O cachecol há de protegê-la — disse com ar professoral. — Com essa temperatura agradável, que você detesta, eu nem me lembro da última vez que fiquei doente.

— Hoje estou afobado — afirmou, acomodando as pastas que ele trouxe embaixo das outras, na bandeja de entrada, e retirou as que estavam prontas da bandeja de saída. — Não tenho um minuto a perder.

Fez um sinal de despedida, saiu da sala, contemplando o rosto zombeteiro de Clóvis, fechou a porta, pendurou o cachecol e o casaco no cabideiro e fez uma careta, com a língua para fora da boca, na direção da porta.

Clóvis continuou a prazerosa tarefa de escrituração de documentos, apreciando o fato de que cada vaivém da sua Parker correspondia a uma nova linha na lista de pagamentos a serem recebidos. E não eram poucas, essas linhas. De súbito, perdeu-se em pensamentos auspiciosos. Trazia à baila a convicção de que ele era um sujeito privilegiado; de que seu pai, se vivo, sentiria orgulho do gestor da terceira geração dos Valancy à frente do cartório da família e de que ele haveria de sentir a mesma coisa em relação ao seu primogênito Clovíco, quando assumisse o seu lugar. Até se assustou quando as três batidinhas na porta anunciaram o retorno de sua secretária. Acionou o botão de destravamento e ela surgiu, trazendo numa grande bandeja de prata as delícias da Casa Godinho.

— Já avançamos para o final da manhã e está na hora de nosso chefe se alimentar — disse, carinhosamente. — O lanche deve estar delicioso. Vou pegar o vinho na adega e colocar um pouco de gelo no baldinho.

— Não é que o tempo passou rápido demais! — expressou, consultando o relógio de bolso, enquanto a secretária adentrava o ateliê de pintura e colocava a bandeja em cima do tampo da mesinha de canto. — Meu estômago já começa a roncar. Vou terminar esta pasta e fazer minha refeição sossegado.

— Não é uma boa ideia — recomendou. — Eu vim correndo da rua Líbero Badaró para lhe oferecer o lanche ainda quente. E se você encontrar um problema difícil de avaliar? Pode demorar um tempão, o lanche irá esfriar e perderá o sabor.

— Você tem razão — concordou, pensativo, e repôs o documento que estava analisando na caixa de entrada. — A pressa é inimiga da perfeição.

— Então, bom apetite! — desejou Márcia, dirigindo-se à saída.

Assim que a secretária fechou a porta, Clóvis se levantou da cadeira de trabalho, caminhou até a imediação do mancebo e pendurou o paletó num dos ganchos. A seguir, colocou a gravata-borboleta no bolso do colete e o pendurou no outro gancho. Foi até o ateliê adjacente ao gabinete de trabalho e vestiu o jaleco de pintura, com as mangas curtas. Sentou-se à mesinha de canto e desfrutou com calma as maravilhas do Godinho, enquanto sua mente transmutava ao mundo da fantasia.

Gostava de pintar paisagens nunca vistas por ele, que apenas as imaginava. "Paisagens imaginárias." Estavam esboçadas nas telas com lápis Faber-Castell 8B ou parcialmente coloridas com os pincéis de sua caixa aquarela de dezoito cores.

Poucas estavam finalizadas e três delas estavam acomodadas nos cavaletes. Clóvis gostava de "passear" entre elas, fazendo riscos com o lápis ou "borrando" uma ou outra cor na mesma tela ou em telas diferentes, transformando a arte da pintura numa atividade lúdica prazerosa.

Pela bagunça permitida nesse local, só acessível a ele ou à sua secretária, era muito difícil acreditar que era gerenciado pela mesma criatura que, há pouco, alinhava primorosamente a pilha de pastas de documentos na bandeja de saída de sua mesa de trabalho.

Faltando dez minutos para as dezessete horas, ele interrompeu abruptamente tudo que estava fazendo, guardou o lápis, mergulhou os pincéis utilizados numa cumbuca de solvente, pendurou o jaleco, lavou as mãos e voltou para o gabinete de trabalho. Vestiu o colete e o paletó, prendeu a gravata-borboleta na gola da camisa, sentou-se à mesa de trabalho, alcançou e colocou a pasta que estava examinando sobre o porta-bloco de anotações e reiniciou o trabalho, como se nada extraordinário houvesse acontecido.

Às dezessete horas em ponto, Clóvis ouviu o som das duas previstas batidas na porta, sinalizando a chegada da gerente financeira do cartório, a dra. Marlene Araújo Botelho. Ela entrou assim que ouviu o *click* do destravamento da fechadura da porta, fez uma delicada mesura com as mãos e a cabeça, sentou-se na cadeira destinada aos visitantes e lhe entregou um pequeno envelope.

— Estou certa de que você ficará bem satisfeito — declarou ela, risonha e solene, ratificando o que acabara de dizer, franzindo a sobrancelha e enrugando a testa.

— Fico sempre muito feliz quando você chega — declarou com intimidade. — Não sei se é pela informação que você me passa, por ser minha derradeira ação no cartório, ou simplesmente por sua presença elegante e perfumada, anunciando o desfecho de mais um dia agradável de trabalho.

— Derradeira ação? — perguntou, olhando a bandeja de entrada de documentos com malícia. — A seção de pintura lhe fez muito bem. Ou foi o lanchinho que a Márcia lhe trouxe? Não é todo dia que está tão descontraído.

— É a suposição dos bons números que você traz — retrucou, mudando o teor da conversa que estava ficando íntima demais. — Afinal, Modesto disse que o cartório estava bombando.

— É verdade! — expressou, percebendo que a conversa havia terminado. — Então, deixo-o com o envelopinho promissor.

Marlene descruzou as pernas preguiçosamente, ao mesmo tempo que ergueu a cabeça com esbelteza. Levantou-se. Caminhou até a saída, olhou por cima do ombro direito e despediu-se, deixando Clóvis imerso em fantasias eróticas, como se ainda estivesse criando uma paisagem imaginária para pintar.

Levantou-se e foi até o lavabo jogar um pouco d'água no rosto. Em seguida, voltou à sua mesa de trabalho, assumiu o semblante grave de todos os dias e abriu o envelope para certificar-se de que os números do faturamento do dia eram realmente alvissareiros, então o lançou à máquina manual de triturar papéis. Deu à manivela três ou quatro rotações seguidas, ouvindo o ruído revigorante do sumiço de seu segredinho diário.

Observou que quatro pastas desalinhadas ainda permaneciam na bandeja de entrada. Respirou profundamente, alcançou a que se encontrava na parte de cima da pilha e a posicionou sobre o porta-bloco de anotações. Em menos de quarenta minutos, a bandeja ficou vazia, evocando no dr. Clóvis a deliciosa sensação do dever cumprido.

Caminhou, então, até onde se encontrava o mancebo. Retirou o guarda-chuva do balaio e o enganchou no braço esquerdo, alcançou o chapéu num dos ganchos superiores, ajeitou-o na cabeça, deu uma última olhada no espelhinho frontal do mancebo e deixou o gabinete.

Desceu pelo elevador de serviço e tomou o rumo da saída privativa. Deixou o edifício pela rua Álvares Penteado, puxou a corrente do molho de chaves que saltava do bolso do colete, escolheu uma delas e trancou a porta do cartório.

Ao dobrar a esquina escura, para seguir pela rua da Quitanda até a Praça do Patriarca, Clóvis deparou com a paisagem real do magnífico pôr do sol, em pleno centro da cidade, sobre os prédios enfileirados em torno do distante Largo do Arouche, e tendo como base a elegância e o arrojo do Theatro Municipal, projetado pelo arquiteto Ramos de Azevedo, localizado na praça de mesmo nome.

Além disso, o céu estava coalhado de estrelas, prometendo um anoitecer deleitoso e refrescante. Desceu pela escada rolante da galeria Prestes Maia e encontrou, no ponto inicial do ônibus para o bairro do Paraíso, apenas um jovem casal na fila. Sinal de que seu lugar individual à frente no ônibus estava garantido.

O ônibus chegou no horário previsto das dezenove horas, e Clóvis entrou, tomou seu assento favorito e aguardou a partida, escutando o ruído das portas metálicas de enrolar das lojas se fechando e anunciando o fim do expediente.

O motorista partiu e, logo adiante, forçou o motor do ônibus para vencer a rampa da rua Asdrúbal do Nascimento e acessou a avenida Brigadeiro Luís Antônio. A seguir, dobrou à esquerda e seguiu pela rua Treze de Maio até a Praça Oswaldo Cruz, onde senhores e senhoras levavam os seus respectivos cães para o passeio higiênico, em torno da escultura do "Índio Pescador", e grupos de jovens agitados saíam para uma happy hour nos barzinhos das vizinhanças. Seguiu pela rua Bernardino de Campos e desceu pela rua Abílio Soares, em que ele não cansava de apreciar a grandiosidade do ginásio do Ibirapuera e o requinte do Quartel do Exército. A viagem estava terminando e nos derradeiros pontos de ônibus poucas pessoas embarcavam, livrando-o do constrangimento de defrontar ainda mais alguns indivíduos abomináveis.

Como sempre, era o último passageiro a desembarcar do ônibus e rumou, lépido e fagueiro, à descida da rua Pelotas, cumprimentando os vizinhos sentados nas varandas tomando um cafezinho ou jogando conversa fora.

Chegou à casa, pendurou o chapéu e colocou o guarda-chuva no cesto do mancebo. Notou que seus filhos estavam no cantinho da televisão e que nenhum se levantou para abraçá-lo. Valentina havia posto a mesa e se encontrava na cozinha terminando o jantar. Cumprimentou os filhos com um aceno desgostoso, beijou Valentina no rosto e subiu a escada para trocar de roupa.

Quando ele retornou, vestindo uma calça de moletom cinza, camiseta branca e chinelos de couro, o jantar já estava pronto para ser posto à mesa e as crianças já estavam na fila do lavabo para lavarem as mãos.

Todos sentaram-se ao mesmo tempo e a algazarra habitual da refeição compartilhada teve início. Clóvis serviu-se rapidamente. Valentina proveu os pratos dos filhos, com habilidade e disposição, impondo sua autoridade de mãe ao exigir a ingestão de alimentos ricos em fibras, carboidratos e proteínas, e mostrou sua equidade na divisão justa da sobremesa.

Após a refeição familiar, Clóvis acomodou-se na sala de estar e ligou a televisão. Estava propenso a assistir ao Jornal Nacional, com Cid Moreira, enquanto Valentina retirava os pratos, copos e talheres da mesa e levava tudo para a cozinha. Lavou, enxugou, guardou e, em seguida, passou a mediar a rebelião coletiva dos filhos, que jogavam "Banco Imobiliário" na edícula, a respeito da hora de irem para a cama.

Conseguiu uma trégua com a concordância de Caetano, que aceitou subir ao quarto desde que no colo da mãe. Os outros dois propuseram uma prorrogação do prazo por dez minutos, tempo previsto para acabar o jogo.

Só no finalzinho do jornal é que Valentina se juntou a Clóvis na sala de estar, com a intenção de assistir a mais um capítulo da novela "Beto Rockfeller". Todavia, desistiu, assim que ele se levantou e pediu a ela que não demorasse muito para se deitar, sinal evidente de que ele não dormiria imediatamente.

Clóvis subiu a escadaria, passou pelo quarto de Laura e Caetano, deu uma espiadela e constatou que já dormiam a sono solto. Já Clovíco, no seu próprio quarto, folheava uma revista de quadrinhos e, ao ver o pai, fechou a revista, colocou-a no criado-mudo e estendeu o corpo na cama, cobrindo-se com a manta até o queixo. Clóvis entrou, fez uma massagem de brincadeira no corpo do filho e beijou sua testa.

Satisfeito por constatar a mansidão restabelecida, foi para o próprio quarto e iniciou o rito sensual que consumaria com sua esposa.

Apanhou o vestuário completo de dormir e colocou-o no canto seco do tampo de mármore da pia do banheiro, despiu-se da roupa que estava usando, pendurou-a no gancho atrás da porta e, pelado, escovou os dentes e vestiu o robe de chambre pendurado no outro gancho.

Ao seu lado da cama, soltou o robe dos ombros e o deixou deslizar até o chão; retirou a latinha de camisinhas da gaveta e a depositou no tampo do criado-mudo, ao lado do relógio; apagou a luz do quarto, acendeu a do seu abajur e esperou por Valentina.

De olhos bem fechados, seus pensamentos foram aos momentos de relativa intimidade com Marlene, quando ela descruzava as pernas de forma provocante, ao se levantar da cadeira em frente à sua mesa de trabalho, e quando despedia-se, olhando por cima do ombro ao sair, com a mão na maçaneta da porta.

Quando Valentina entrou devagarinho e fechou a porta, dr. Clóvis pediu-lhe que passasse a chave na fechadura, sinal definitivo de que, naquela noite, ela cumpriria uma das obrigações conjugais pactuadas no matrimônio. Como se não bastasse, ela ainda visualizou, antes de entrar no banheiro, a latinha de camisinhas no criado-mudo do marido.

Valentina seguiu a mesma conduta do marido e, despida, enfiou-se debaixo das cobertas, mantendo apagada a luz do seu abajur. Então ele desligou também o dele e, no ambiente negrejado parcamente alumiado pelo diminuto facho de luz, que emanava por baixo da porta fechada do banheiro, os dois se abraçaram cada vez mais forte, trocaram de posição algumas vezes e afastaram as cobertas de seus corpos.

As respirações pesadas, os sussurros indistintos e os gemidos involuntários, mesclados com o som do atrito entre partes desencaixadas da cama e o rangido das molas desgastadas do colchão, dissimulavam o silêncio constrangedor preliminar e compunham a trilha sonora dissonante da encenação do ato de amor do dr. Clóvis com sua esposa.

De súbito, os ruídos cessaram. Ambos puxaram as cobertas e cobriram novamente seus corpos. Permaneceram assim por alguns minutos, até que o dr. Clóvis se levantou, vestiu o robe de chambre e foi ao banheiro. Tomou uma ducha ligeira, retornou de pijama vestido e se deitou novamente. Ato contínuo, Valentina também foi ao banheiro e fechou a porta. Ele acendeu, de novo, a luz do seu abajur e alcançou o despertador.

Cada novo dia do dr. Clóvis Valancy terminava quando ele conferia a posição do ponteiro auxiliar, segurava o despertador com firmeza, girava a manivela da corda até o final do curso e acionava o pino que destravava a mola tensionada. O dr. Clóvis passava o braço sobre seu corpo estendido na cama e, com a mão direita, assentava o despertador de corda no criado-mudo, ao lado do abajur.

"Ele não desperta nem no mesmo dia nem no mesmo lugar"

O dr. Pedro Guilherme Castilho, o dr. Paulo Navarro, a dra. Maria Valverde e demais companheiros de esporte radical bebiam a terceira rodada da saideira, quando a conhecida mercadora se aproximou com os braços envolvendo enormes buquês de flores, de onde efluíam aromas perfumados, despertando sorrisos afetuosos dos três aventureiros e convidados. La Violeteira, como era apelidada pelo trio, comparecia todas as noites no Café Del Barista para vender suas flores, alardeando carisma, beleza e simpatia.

Enternecido pelo espírito natalino e incentivado pelas várias taças de champanhe, Pedro Guilherme comprou da vendedora costarriquenha todos os buquês e ainda a convidou para sentar-se à mesa e brindar com eles a festa cristã que se avizinhava.

O sábado havia atropelado a sexta-feira há pouco tempo e passavam alguns minutos da meia-noite quando Pedro Guilherme se levantou e, com a voz arrastada dos embriagados, declarou amor eterno a seus inseparáveis amigos médicos, à sua violeteira predileta e à cidade de San José da Costa Rica, que os acolheu com calorosa afetuosidade. Assim, os demais convivas da mesa e até de outras mesas próximas puseram-se de pé, desejaram saúde uns aos outros e tocaram o bojo das respectivas taças de champanhe, em todos os outros, de modo recíproco, provocando ruído agradável e elegante de cristais se chocando.

Nesse preciso instante, a trezentos e cinquenta quilômetros de distância de San José, os moradores de Manágua, capital da Nicarágua, ouviram o som, nada agradável e muito menos elegante, de vidros se estilhaçando nas janelas de suas casas e nas casas de seus vizinhos, que oscilaram ao mesmo tempo, como num passe de mágica. E seguiram ouvindo o estrondo, por mais trinta intermináveis segundos, tempo em que duas gigantescas placas de rocha da crosta terrestre nicaraguense mantiveram-se atritando entre si, a dez mil metros de profundidade, onde se localizava o lago Xolotlán, distante apenas vinte e oito quilômetros do centro da cidade.

Faltava pouco tempo para às duas horas da madrugada, quando La Violeteira deixou o ambiente festivo, com juras de benquerença e lealdade. Então, os três companheiros iniciaram a caminhada, juntos, até o hotel Aranjuez, bem pertinho, no qual estavam hospedados. Falantes durante todo o percurso, o trio chegou ao hotel em frangalhos, ansiando por uma noite de sono serena e reparadora.

Às sete horas da manhã, Pedro Guilherme já se encontrava no terraço de sua suíte, curtindo a leve ressaca e apreciando o deslumbrante nascer do sol, quando três batidas enérgicas à porta interromperam sua interação com a natureza.

Pensando tratar-se de Paulo ou Maria, abriu a porta de supetão, vestindo apenas a cueca. Mas não eram seus companheiros e, sim, uma bela recepcionista costarriquenha. Ele pediu mil desculpas para a sorridente mocinha e alcançou o telegrama, que se encontrava na bandeja de prata que ela segurava e onde estava grafada a palavra URGENTE, com letras maiúsculas e vermelhas.

Por se tratar de um evento inesperado, Pedro Guilherme fechou a porta e abriu, imediatamente, o telegrama:

```
Terremoto em Manágua hoje às 00h29 local.
Ponto de encontro estabelecido no aeroporto.
       MSF (Médicos Sem Fronteiras)
```

Pedro Guilherme tomou uma ducha fria prolongada, celebrando o fato de que as várias taças de champanhe Veuve Clicquot, que bebeu durante a noite passada, não provocaram uma ressaca muito severa. Em seguida, colocou uma roupa casual e, por cima dela, o jaleco novinho em folha, com o logotipo da organização Médicos Sem Fronteiras (MSF), e finalizou, rapidamente, a sua mala de viagem.

Ele examinou minuciosamente o instrumental cirúrgico da maleta, escreveu uma mensagem no bloquinho disponível no hotel e deixou o aposento. Logo depois, inseriu a mensagem por debaixo da porta do quarto do casal de amigos médicos e deixou o Hotel Aranjuez.

Em menos de duas horas, o dr. Pedro Guilherme chegou ao aeroporto Juan Santamaría, situado a dezoito quilômetros do centro da cidade, e passou a aguardar o voo extraordinário para o aeroporto de Manágua, na Nicarágua, onde os médicos voluntários da MSF iriam realizar a primeira missão de ajuda humanitária a populações em situação de catástrofe, desde sua fundação em Paris, três anos atrás.

Único filho de médicos da classe média alta da sociedade paulistana, Pedro Guilherme poderia levar uma vida de playboy, com uma atividade social intensa, e ostentar a fama de sedutor de mulheres atraentes. Mas não foi isso que lhe aconteceu. Muito pelo contrário. Pedro se dedicou de corpo e alma à vida acadêmica, conquistou seu diploma de médico aos vinte e dois anos, de cirurgião aos vinte e cinco e concluiu a pós-graduação em cirurgia plástica reparadora, com louvor. Solteirão convicto, dedicava todo o tempo ocioso à prática de esportes radicais, cada vez mais arriscados, nos quais seu corpo obtinha a adrenalina suficiente para enfrentar o desafio das missões humanitárias catastróficas.

No dia anterior, no Café Del Barista, ele comemorou, junto aos companheiros Paulo Navarro e Maria Valverde, também cirurgiões plásticos, uma notável conquista no rafting, ao conseguirem completar o percurso mais difícil do rio Reventazón, com corredeiras extremamente perigosas, pedras submersas ameaçadoras e ondas enormes.

Naquele dia, em contrapartida, estava em vias de chegar a Manágua, a fim de exercer sua aptidão natural, na complexa tarefa de atenuar o sofrimento humano provocado por uma catástrofe inesperada, tendo como recurso estimulante o equilíbrio mental adquirido na superação esportiva do dia anterior e, como segurança clínica, a enorme experiência que acumulou em anos de estudo e prática da cirurgia reparadora.

Acomodado em seu assento de janela, no compartimento de passageiros do avião Douglas DC-3 da Lacsa (Líneas Aéreas de Costa Rica), o dr. Pedro Guilherme sentiu a tensão silenciosa emanada dos vinte e oito passageiros médicos de várias áreas. Observou o algodoal macio formado pelas nuvens, brancas como a neve, e se perdeu em recordações sombrias de um acontecimento, há onze anos, determinante para seu empenho imutável em dedicar sua vida a minorar o sofrimento das vítimas de calamidades.

Aos vinte e nove anos, de passagem pela cidade do Rio de Janeiro, o dr. Pedro Guilherme, médico formado há quatro anos, tomou conhecimento da tragédia que estava ocorrendo em Niterói, cidade vizinha, naquele exato momento. Um enorme circo itinerante estava em chamas e causou um número imenso de mortos e feridos. Ele nem pensou duas vezes. Disparou em direção ao terminal de balsas, fez a travessia marítima e se apresentou como médico voluntário no Hospital Universitário Antônio Pedro.

Durante o entrevero, observou a ação determinada do célebre cirurgião plástico dr. Ivo Pitanguy que, com a colaboração dos médicos residentes, cuidou das vítimas de forma abrangente, minorando as dores imediatas e os traumas psicológicos futuros dos queimados.

Foi nesse dia trágico que o dr. Pedro Guilherme prognosticou que dedicaria seu corpo e sua mente à prática médica da melhor qualidade possível e não dispensaria esforços para realizá-la, tendo como foco o alívio físico e, sobretudo, mental do enfermo, sem almejar benefício próprio exagerado ou alimentar seu egocentrismo.

Paulatinamente as nuvens se tornaram mais escuras e mais próximas, sinal evidente de que o avião se afastava do céu e se aproximava do inferno. À medida que o DC-3 perdia altura, a paisagem exposta se tornava mais nítida e cada vez mais semelhante à que se imagina como um panorama de fim do mundo. Milhares de casas precárias das cercanias da capital estavam destruídas, e os poucos prédios do centro seriamente danificados. Focos de incêndio espalhavam-se por toda a região e cobriam de fuligem as ruas e os automóveis amontoados. Centenas de indivíduos desnorteados caminhavam ao léu, e outros tantos carregavam feridos e levavam os mortos, a pé ou com carroças, para a vala comum onde seriam enterrados.

O DC-3 fez ainda alguns sobrevoos de aproximação em torno da pista, pela qual era possível enxergar centenas de sobreviventes, olhando para o alto e gesticulando em sinal de socorro e desespero. Finalmente, o avião se alinhou ao eixo da pista, também coberta por fuligem preta e, ao tocar o solo, levantou uma nuvem escura de poeira tóxica, gerou imensa obscuridade interna e impediu por alguns minutos a visualização do prédio administrativo do aeroporto.

Os médicos, direcionados ao saguão do aeroporto internacional Las Mercedes, foram identificados e imediatamente encaminhados aos destinos de trabalho, implantados ali mesmo ou nas unidades cirúrgicas de hospitais da capital ou de cidades vizinhas.

Nas semanas seguintes e de modo continuado, os enfermeiros transportaram ao centro cirúrgico improvisado pela Organização pacientes que já haviam passado por uma triagem médica, que haviam recebido os primeiros socorros e necessitavam de procedimento cirúrgico urgente.

Vez ou outra, no caso de pacientes encontrados em estado gravíssimo, os socorristas nem faziam seleção e os encaminhavam diretamente ao hospital para impreterível cirurgia. Assim, amputações, fraturas expostas e principalmente queimaduras graves eram as cirurgias realizadas em sequência pelo dr. Pedro Guilherme que, em virtude da falta de recursos mínimos necessários para um bom resultado, utilizava seu instinto natural na tomada de decisões arriscadas e, com o espírito confiante e as mãos hábeis, conseguia realizar um excelente trabalho.

O dr. Pedro Guilherme Castilho se tornou, da noite para o dia, uma figura célebre naquela região devastada pela miséria extrema. Por esse motivo, de vez em quando ele recebia no refeitório do acampamento a visita de moradores satisfeitos com a sua atenção zelosa dedicada a um parente e demonstravam gratidão, oferecendo-lhe uma pequena lembrança. Não foi diferente quando a senhora humilde e chorosa exultou efusivamente a graça recebida pela sua filha e ofereceu um pedaço de bolo preparado por ela mesma, em plena recuperação. O dr. Pedro não teve como recusar o convite e comeu dois ou três pedaços do bolo diante da senhora agradecida.

Entretanto, assim que ele deixou o refeitório para ir às suas acomodações, sentiu tontura e fraqueza muscular nas pernas. Entrou, fechou a porta do dormitório, desmoronou na cama e, com o resquício de sobriedade que ainda lhe restava, percebeu que foi entorpecido, antes de mergulhar nas trevas.

"Como se fosse o quebra-cabeça de seus filhos"

Dr. Clóvis Valancy não escutou o ruído do alarme, apesar de ouvir o burburinho de sua mulher e seus filhos no pavimento inferior do sobrado. Então alcançou o despertador no criado-mudo, conferiu a posição dos ponteiros e verificou que sinalizavam nove horas e vinte minutos, o que não devia estar errado. Segurou firme a carcaça do relógio e girou a manivela da corda, que rolou solta em torno de seu eixo. O despertador estava quebrado.

Ele sentiu o mau humor tomar conta de si, logo pela manhã. O dr. Clóvis detestava que o dia começasse dessa maneira. Nem se sentou à beira da cama nem fez as flexões dorsais matutinas. Simplesmente despiu-se e jogou o pijama em cima da cama, indo direto ao banheiro para barbear-se e tomar uma ducha fria e rápida.

Enquanto fazia a barba, ele se questionava sobre a localização da relojoaria do sr. Gianni. "Era na rua São Bento ou na rua Direita?" O reparo do despertador não saía de sua cabeça, até que desceu ao pavimento inferior do sobrado e encontrou Valentina aguardando-o para servir-lhe o café da manhã, com dedicação e afeto.

— O despertador está quebrado — disse. — Onde é a relojoaria do sr. Gianni?

— Na rua São Bento, Clóvis — respondeu. — Você não acha melhor comprar um novo?

— É só a mola, Valentina! — replicou. — Para que gastar dinheiro à toa?

— Pois é! — expressou, encerrando o assunto. — Com certeza o sr. Gianni resolve o problema.

A caminhada na subida da rua Pelotas até o ponto do ônibus foi melancólica e incômoda, uma vez que a brisa forte primaveril que soprava de cima para baixo da rua empurrava a garoa fina para os pés, umedecendo suas meias. Os vizinhos, recolhidos, não davam sinal de vida. O ônibus das dez horas ainda estava no ponto, mas havia um acúmulo razoável de passageiros embarcando.

O dr. Clóvis entrou no final da fila e foi seguindo, à medida que os passageiros ingressavam no ônibus, no entanto, ele não pretendia embarcar. Tencionava esperar o ônibus das dez e meia para sentar-se no seu lugar preferido. Todavia, o passageiro à sua frente fez o mesmo e tornou-se o primeiro de uma nova fila. Ele consumiu quase todo o tempo de espera do ônibus seguinte matutando se o homem escolheria o mesmo lugar que ele. Então puxou uma conversa fiada para descobrir o seu propósito em relação às preferências de assentos.

— Que dia mais chato — comentou. — Ainda mais com o ônibus lotado. Eu prefiro esperar um pouco mais a ficar espremido lá dentro.

— Eu também prefiro aguardar — afirmou o homenzinho, abrindo um sorriso espontâneo. — Além do mais, eu gosto de me sentar sempre no mesmo lugar para dar um tchauzinho à minha namorada.

— Ah! — expressou, ansiando uma resposta negativa. — É aquele assento isolado ao lado da porta?

— Nada disso — falou, balançando a cabeça para os dois lados. — É o banco duplo atrás do motorista.

Logo após, o ônibus das dez e meia estacionou; o dr. Clóvis embarcou e se aboletou no assento predileto, satisfeito que a namorada do incógnito passageiro trabalhava numa loja situada ao lado esquerdo do trajeto. A paisagem que se descortinava pela janela estava entediante e sem graça, com a garoa persistente escondendo o dia a dia agitado dos moradores da região.

O dr. Clóvis desembarcou no ponto inicial do ônibus, no Vale do Anhangabaú, ingressou na galeria Prestes Maia e encontrou as duas escadas rolantes interditadas para manutenção. Obrigou-se, então, a subir a escadaria para chegar até a Praça do Patriarca. Todavia não adentrou na rua da Quitanda, como fazia todos os dias. Dobrou à esquerda, acessou a rua São Bento e passou a procurar pela relojoaria Gianni, balançando a sacola plástica com o embrulhinho do despertador, que Valentina havia arrumado para ele.

Encontrou a loja, entrou, pôs a sacola no balcão e apertou o pino do sininho para chamar Gianni, que logo apareceu, abrindo a cortina que apartava a loja da pequena oficina.

— Ora viva! — exclamou Gianni, assim que viu o cliente e amigo à frente do balcão da loja. — O que o traz por aqui? Decidiu comprar um carrilhão de piso? Tenho aqui alguns que vão encher sua casa de melodia.

— Nada disso, Gianni — respondeu, risonho. — Só quero que você conserte o meu despertador.

Gianni pegou o pacotinho, foi para a pequena oficina atrás da cortina, sentou-se à bancada de trabalho, acendeu a luminária, prendeu os óculos pincenê no nariz, examinou o mecanismo e voltou para conversar com o Clóvis.

— A mola rompeu — prognosticou. — Quer substituir ou comprar um despertador moderno?

— O que houve com ela?

— Fadiga do material, Clóvis — explicou. — Até nós provocamos uma distensão muscular, exagerando nos abdominais.

— Dá para trocar?

— Claro que sim — informou Gianni. — Mas sai pelo preço de um novinho em folha. Preciso encomendar a peça e, se não quisermos aborrecimento com atrasos, mandar alguém buscar na Freguesia do Ó.

— Prefiro consertar — decidiu o dr. Clóvis. — Já me acostumei com ele.

— Eu já sabia — conjecturou Gianni, dando uma espontânea gargalhada. — Eu perguntei por perguntar!

— Você me avisa quando estiver pronto?

— Claro que sim! — respondeu. — Minhas mais fervorosas recomendações à Valentina.

— Serão dadas — despediu-se. — Até mais ver, Gianni.

O dr. Clóvis deixou a relojoaria e, em vez de voltar para a Praça do Patriarca e acessar a rua da Quitanda no início, seguiu subindo a rua São Bento até chegar ao Largo do Café e alcançou a mesma rua da Quitanda, no sentido contrário. Assim que avistou a entrada do cartório, ele estranhou a silhueta do segurança, que lhe pareceu mais volumosa que a habitual.

Pois bem. Não era o Thomas que fazia a segurança do cartório, mas um negrão de quase dois metros de altura que, quando identificou o dr. Clóvis, fez um salamaleque exagerado e escancarou a porta para ele entrar. O dr. Clóvis passou, sem responder ao cumprimento, atravessou o hall, foi direto para o elevador de serviço e a seu gabinete no terceiro andar.

Quando Márcia entrou no gabinete, após as três batidinhas convencionais à porta e trouxe a bandeja de prata com a xícara de café, o copo e a jarra d'água, o dr. Clóvis solicitou-lhe que fosse atrás do Modesto e pedisse que ele viesse à sua sala de imediato.

— O senhor não deseja que eu lhe sirva o café? — perguntou, sobressaltada.

— Não, obrigado — respondeu. — Eu me viro sozinho.

Márcia acomodou a bandeja em cima do tampo do aparador, exteriorizou uma saudação afável e deixou o gabinete.

Assim que a secretária se retirou, o dr. Clóvis acionou o botão sob o tampo da mesa e destravou a fechadura da porta, que permaneceu semiaberta. Em seguida, levantou-se e caminhou devagar até o canto da sala para servir-se do café disposto no aparador. Ainda estava de pé e com a xícara na mão quando Modesto impeliu a porta do gabinete, suando em bicas, fechou a porta e se dirigiu a ele.

— Bom dia, Clóvis — cumprimentou, defensivo. — Desconfio que sei o assunto urgente que você deseja falar comigo. Não deu tempo de avisá-lo antes. Thomas sofreu um mal súbito na sexta-feira e precisou ser substituído com urgência.

— Em que quilombo você encontrou a enorme criatura? — perguntou, com evidentes deboche e preconceito. — Não havia ninguém mais apropriado?

— Geraldo já tem ficha aprovada conosco — respondeu, menosprezando o comentário racista. — Ele me acudiu do sufoco, de imediato, livrando-me de um problemão. É muito inteligente, delicado e um expert na área de segurança.

— Até quando vou ser obrigado a suportá-lo? — perguntou por perguntar, consciente de que era parte vencida no gerenciamento de admissão de servidores. — Achei que seria assaltado na porta do cartório.

— Resolva seu problema de cores no seu ateliê de pintura — aconselhou, rabugento. — E deixa a parte administrativa comigo.

— Então tá! — concordou, repôs a xícara na bandeja e iniciou a caminhada de volta à mesa. — Você, pelo menos, poderia ter me avisado. É só isso!

— Já contratei dezenas de pessoas — reagiu o notário. — E nunca precisei informá-lo. Digo mais! Temos duas excelentes funcionárias negras no departamento pessoal e você nunca tomou conhecimento delas.

— Ok! — expressou, exaurido. — Você solicita à Márcia que retorne, por favor.

Modesto encarou o escrivão-chefe com o olhar compadecido, abriu a porta e saiu. O dr. Clóvis, que ainda se encontrava de pé ao lado da mesa, lembrou-se de que ele não vestia o tradicional casaco. Só então percebeu que a temperatura da sala não estava do jeito que ele gostava.

Márcia retornou ao gabinete e comunicou ao dr. Clóvis que o aparelho de ar-condicionado não estava funcionando adequadamente e que ela já havia requisitado a assistência técnica.

— Deve ser fadiga do material — pressupôs, brincando. — Hoje o mar não está para peixe.

— Não estou entendendo — manifestou a secretária, encarando o chefe com o olhar titubeante. — Quer que eu faça uma reserva num restaurante que serve peixe? É isso?

— Isso mesmo! — desembuchou, triunfante. — Vou comer um talharim negro com frutos do mar, no restaurante La Casserole. E não adianta dizer que está chovendo. Empunho meu guarda-chuva, atravesso o Viaduto do Chá e chego ao Largo do Arouche, sem o menor estorvo.

— Em qual horário, dr. Clóvis? — perguntou, com a fisionomia denotando intensa perplexidade. — Mesa para dois?

— Mesa pra um! — retrucou, apreciando a cara de espanto da sua secretária. — Meio-dia e meia.

Assim que Márcia deixou o gabinete, Clóvis foi tomado por um inesperado estado de alienação, cuja consciência se torna estranha a si mesma, seguro de que a tomada de decisões imprevisíveis para os outros e insensatas para si próprio reverterá a maré de azar que estava a ponto de o afogar.

Ao meio-dia em ponto, mirou-se no espelhinho oval do mancebo, apanhou o guarda-chuva no cesto e deixou o cartório pelo acesso exclusivo da rua Álvares Penteado. Atravessou o Viaduto do Chá, seguiu pela rua Barão de Itapetininga, cruzou de ponta a ponta a Praça da República e chegou ao Largo do Arouche em menos de vinte minutos. Cumprimentou o porteiro do restaurante La Casserole, entregou-lhe o guarda-chuva e, morrendo de orgulho de si, seguiu o garçom até a mesa reservada, ao lado do janelão com vista agradável para o Mercado das Flores, do outro lado da rua.

Mais adiante, degustou com galhardia o excêntrico maná, harmonizado pelo vinho tinto Pinot Noir. Quando percebeu que o chuvisco havia cessado e um arremedo de sol despontado, o dr. Clóvis ficou ainda mais confiante de que sua atitude intempestiva tinha surtido efeito.

Dr. Clóvis voltou para o cartório, com o guarda-chuva fechado e o semblante aberto, saudando as pessoas de bem que, aos poucos, retornavam dos abrigos provisórios utilizados durante a chuva. Na travessia da Praça da República, no entanto, ele encrespou os lábios num arremedo de sorriso congelado, dirigiu o olhar para o chão molhado e sua mente para os quintos dos infernos, ao constatar tanta viadagem promíscua no local.

Ele ingressou pela porta aberta pelo segurança, mas não retribuiu a reverência pujante que ele lhe fez, limitando-se a encará-lo com austeridade. Nem bem sentou-se à mesa de trabalho, Modesto surgiu, após batida única na porta, e colocou uma pilha de pastas na bandeja de entrada. Clóvis notou que ele vestia o casaco, sinal de que o aparelho de ar-condicionado já estava funcionando.

— Algum caso excepcional? — perguntou Clóvis, olhando a coluna mirrada de pastas sobre a bandeja de entrada.

— Só casos corriqueiros — respondeu.

— Dia ruim? — perguntou.

— A chuva afasta os preguiçosos — respondeu esmorecido, fazendo um gesto amargo com a boca entortada.

— Então tá — expressou galhofeiro, aproveitando o desânimo do notário para alfinetá-lo um pouquinho. — Vou usufruir o remanso e me ocupar com a pintura. Preciso me acostumar com algumas cores.

— Boa sorte! — desejou desgostoso ao sair do gabinete.

Dr. Clóvis analisou e autenticou toda a documentação, e as pastas passaram para a bandeja de saída, formando uma pilha uniforme e bem alinhada. Logo após, ele vestiu seu jaleco de pintura, escolheu um dos quadros incompletos espalhados pelo ateliê e reiniciou a pintura da paisagem imaginária, tendo como foco finalizar, embalar e oferecer a pintura de presente para a Valentina, assim que chegasse em casa.

No horário habitual, Clóvis embarcou no ônibus e acomodou-se, sem nenhuma dificuldade, no seu lugar predileto, demonstrando otimismo e satisfação. Acomodou o embrulho com a tela cuidadosamente embalada entre as pernas e passou a apreciar a vida acontecendo pela janela, de uma forma bem diferente da que ocorreu pela manhã. Clóvis estava convencido de que sua reação enérgica ao desassossego, sem a menor dúvida, surtiu efeito benéfico.

Tal estado de espírito só descontinuou quando, num dos pontos de parada do ônibus, percebeu o fedor catinguento de cosmético barato misturado com cheiro de sovaco suado, emanando de um garoto preto que acessou o coletivo, com inoportuna viadagem, obrigando-o a sacar o lenço perfumado que sempre levava no bolsinho superior do paletó e levá-lo ao nariz.

Não se deixou abalar pela repugnante ocorrência e desembarcou do ônibus no ponto final, quando todos os passageiros já haviam saído. Tomou o rumo de casa, com o guarda-chuva pendurado no braço direito e a pintura, ainda sem moldura, enrolada na mão esquerda.

Abriu a porta de sua casa, atrapalhado com os apetrechos, mas logo colocou o guarda-chuva no cesto, o chapéu no gancho superior e o rolinho, com a tela, apoiado na lateral do mancebo. A televisão desligada, as crianças ausentes e Valentina, com a fisionomia alterada, sentada na poltrona da sala, não constituíam um cenário alentador.

— Aconteceu alguma coisa? — perguntou, enquanto Valentina se levantava e se encaminhava em sua direção. — Onde estão as crianças?

— Caetano está brincando na cozinha — explicou. — O Clovíco e a Laura estão de castigo nos quartos.

— O que fizeram? — perguntou.

Com a voz embargada e a fisionomia abatida, Valentina relatou que Laura chegou mais cedo da escola e encontrou o Clovíco no seu quarto, com o seu vestido branco novo no corpo e com os lábios pintados, com o seu batom cor-de-rosa favorito.

— Ela ficou possessa e começou a gritar — disse, preocupada. Eu subi correndo e tive muita dificuldade de separar os dois, que estavam agarrados no chão. Não sabia o que fazer. Por fim, tranquei Clovíco no quarto dele e tentei acalmar a Laura, que não parava de chorar. O vestido ficou imprestável, rasgado e sujo de batom.

— Será que Deus escolheu o dia de hoje para me castigar? — bradou enfurecido, puxando o cinto da calça pela fivela. — Vou resolver isso agorinha mesmo. Me dê a chave!

— Conversa com ele — implorou, fazendo um gesto de súplica com as mãos juntas debaixo do queixo. — Ele estava só brincando. Não é idade para ter malícia.

Clóvis desvestiu o paletó e o colete com tanta força que lançou a gravata-borboleta no tapete da sala de jantar; jogou tudo em cima da poltrona e subiu os degraus da escadaria, de dois em dois, com a fisionomia pálida e os olhos esbugalhados. Destrancou a fechadura, abriu a porta e viu Clovíco sentado à beira da cama.

— Você não tem vergonha na cara? — berrou, ainda segurando a maçaneta e com o cinto na outra mão.

— Foi só brincadeira, pai — afirmou, com voz lamuriante. — A Laura ficou furiosa à toa. Era só pedir que eu tirava o vestido e entregava pra ela. Só rasgou porque ela puxou.

— Você está bancando o desentendido? — berrou mais alto ainda e fechou a porta com estardalhaço. — O problema não é o vestido. Você sabe muito bem.

— Eu gosto dessa brincadeira — afirmou, olhando para o pai com semblante de enfrentamento. — O que o senhor tem a ver com isso?

— Sou teu pai e tenho tudo a ver com isso — falou entre dentes, com o cérebro atingindo o cume da exasperação. — Onde anda seu amor-próprio? E o respeito pelo seu pai e pela sua família?

— Que exagero! — expressou com sarcasmo. — Tudo isso por causa de uma brincadeira?

— Vou fazer você lembrar, para sempre, que brincadeiras de meninas são para meninas — rosnou descontrolado, levantando o braço com a cinta e aproximando-se do filho.

Não falou mais nada. Açoitou o menino até deixar suas nádegas repletas de vergões. Então saiu do quarto, bateu a porta com estardalhaço, trancou a fechadura e desceu as escadas.

A seguir, foi até o mancebo, pegou o rolo com a pintura, desembrulhou com raiva e, com os olhos arrasados de lágrimas, rasgou a tela várias vezes, convertendo a paisagem imaginária em pedacinhos coloridos de tecido espalhados pelo chão.

"Ambos com a muerte jurada"

Dr. Pedro Guilherme Castilho ouviu mandos e desmandos enérgicos, antes mesmo de recobrar totalmente a consciência. Quando deu por si, percebeu que se encontrava, em pé, diante de um homem agigantado, com uniforme militar de campanha, ao lado de um indivíduo franzino, vestido com um jaleco de médico e com um estetoscópio pendurado no pescoço.

— O senhor foi requisitado pela Guarda Nacional da Nicarágua com a missão de interrogar o traidor da pátria, Júlio Gutierrez, guerrilheiro da Frente Sandinista de Libertação Nacional e descobrir o paradeiro de Mercedes Lopes.

Dr. Pedro encolheu os ombros, afastou os braços do corpo e abriu as mãos, em sinal de surpresa, tentou dizer alguma coisa, porém o militar lhe dirigiu gestos veementes para que permanecesse calado.

— Meu nome é Dominik Lopes — declarou. — Mercedes é minha filha e estava sendo monitorada há algum tempo por suspeita de envolvimento com Júlio, por interesse pessoal, na melhor das hipóteses. Não se descarta, porém, que a finalidade fosse revolucionária, o que torna os supostos encontros passíveis de punição severa e me coloca numa situação embaraçosa diante do presidente do país.

— Eu lamento...

— Cale a boca! — expressou Dominik, pálido de ódio. — Preste atenção no que estou falando.

— Está bem, eu só...

— Nos instantes que antecederam o terremoto de sexta-feira passada — interrompeu, de modo grosseiro —, Mercedes estava sendo seguida por três seguranças armados, até ingressar numa casa de pau a pique nos arredores da cidade. Eles cercaram a casa e, no instante em que se posicionaram para a ofensiva, armas em punho, o terremoto eclodiu e eles foram obrigados a abortar a ação para procurar abrigo. Assim que retornaram ao local, pouco tempo depois, encontraram a casa parcialmente destruída e Júlio Gutierrez inconsciente, com queimaduras por todo o corpo, com uma viga de madeira queimada pressionando seu peito. No entanto, minha filha não se encontrava ali. Desapareceu. Um pelotão completo da Guarda Nacional vasculhou toda a área sinistrada e não encontrou nenhum vestígio dela. Decorreram três dias desde o terremoto, sem que ela retornasse à residência. Tenho certeza de que Júlio sabe onde ela se encontra. Ele precisa ser interrogado com todo rigor. Porém, segundo o dr. José Perez, o médico da Guarda Nacional aqui ao meu lado, que tratou da saúde do Júlio até o presente momento, ele está em estado de coma e é como se já estivesse morto. Quero saber se isso é verdade. Custe o que custar!

— Com todo respeito, sr. Dominik Lopes — declarou dr. Pedro, aproveitando o instante em que o comandante da Guarda Nacional interrompeu a fala para respirar. — O estado de coma pode levar o paciente à morte a qualquer instante ou pode levar muitos dias ou semanas para a consciência ser parcialmente restabelecida e, mesmo assim, num ambiente hospitalar bem equipado. Eu não sou a pessoa adequada para acompanhar a evolução do quadro clínico do paciente, uma vez que estou cumprindo, em tempo integral, a crucial missão de salvar o maior número possível de vítimas do terremoto na cidade.

— O senhor ficará à disposição da Guarda Nacional, o tempo necessário para Júlio confessar o paradeiro de Mercedes — ordenou, sem levar em consideração a justificativa de Pedro. — E, além do mais, contará com a melhor unidade cirúrgica da Nicarágua, fora a colaboração do dr. José Perez, que ajudou na montagem dos equipamentos. Agora vamos visitar o guerrilheiro.

O comandante saiu pela porta de seu gabinete e, seguido pelo dr. José Perez e o dr. Pedro Guilherme, caminhou por um extenso corredor até chegar a uma praça interna, ao ar livre. Rodeou, caminhando sob a cobertura lateral da edificação circular, até se postar diante de uma porta gradeada, que o segurança abriu, de imediato, para que entrassem. Em seguida, trancou-a novamente.

No grande salão interno, repleto de capangas armados, adentraram a porta frontal e chegaram à enfermaria, de um só paciente, totalmente equipada com aparelhos modernos e instrumental adequado. No lado direito, Júlio Gutierrez deitado num leito hospitalar, ladeado por duas enfermeiras; no esquerdo, sobre um extenso armário baixo, a maleta de instrumental cirúrgico de emergência do dr. Pedro Guilherme Castilho.

A seguir, Dominik entrou num quarto anexo à enfermaria, com banheiro, cama de solteiro, criado-mudo e, do outro lado, uma mesa para refeição ao lado do armário, com as portas abertas, mostrando todas as roupas de Pedro. Em cima do criado-mudo, jornais colocados de forma intencional, com o propósito de esclarecer a situação do doutor, diante do quadro atual.

Depois, Dominik Lopes pôs o braço sobre os ombros de Pedro Guilherme e o instigou a acompanhá-lo até a saída da enfermaria, onde o fitou repleto de ódio.

— Descubra o paradeiro de minha filha e sairás daqui com uma mala cheia de dinheiro para surfar pelo resto da vida, com outra identidade, nas praias do Havaí, ou deixa Júlio Gutierrez morrer, antes de confessar o que eu quero, e escave o seu túmulo na selva, porque morrer, você já morreu. Só falta enterrar. Consulte os jornais. José fica em sua companhia por mais uma hora. Aproveite para escutar o que ele tem a dizer. Depois disso, você contará com a enfermagem, dia e noite, para ajudá-lo e, principalmente, para vigiá-lo.

Desde o primeiro minuto de cativeiro, Pedro Guilherme pressentiu, por experiência própria em outras situações de confronto, o que estava acontecendo com ele. Não adiantaria nada argumentar nem protestar. Precisava procurar uma brecha para se safar.

Os jornais de Nicarágua, Costa Rica e Honduras, deixados na cabeceira da cama, anunciavam sua morte, assassinado por saqueadores durante a visita aos pacientes nas casas da periferia, e que seu corpo fora cremado.

Evidentemente seu captor considerou todas as possibilidades, e Pedro Guilherme não ficou nem um pouco impressionado com a atitude esdrúxula, porém eficaz, uma vez que minimizava a curiosidade dos moradores da comunidade, informava seus familiares e amigos do ocorrido e notificava publicamente a organização Médicos Sem Fronteiras, que o disponibilizou, de uma só vez.

O dr. José Perez não falou nada além do previsível para o caso e não teria mesmo o que dizer ou fazer. O paciente estava com o pulmão perfurado por três costelas, com nível crítico de oxigenação do sangue, ventilação por máscara — vez que Dominik vetou a ventilação mecânica — e nutrição por sonda.

No quarto dia de cativeiro, o dr. Pedro auscultou, por auscultar, pela centésima vez, o tórax do paciente quando ocorreu uma queda repentina no nível de oxigenação. Os bip-bip do monitor dispararam a um só tempo, as enfermeiras se alvoroçaram para conferir o registro do cilindro de oxigênio e disparar a campainha de aviso de emergência.

De súbito, Júlio arregalou os olhos de modo suplicante e, instintivamente, dr. Pedro aproveitou a distração das enfermeiras e deslocou a campânula do estetoscópio em direção à boca arroxeada. As palavras "quilalí reis magos" ressoaram nos fones de ouvido do médico, como a súplica derradeira dos condenados.

Dominik Lopes irrompeu na enfermaria, na companhia do dr. José Perez e três guarda-costas armados. Encarou, com fúria, as enfermeiras posicionadas lado a lado, com as cabeças voltadas para baixo, e o dr. Pedro Guilherme, que retribuiu o olhar furioso, fixando seus olhos no rosto transtornado, demonstrando altivez e dignidade.

— O paciente necessita ser entubado imediatamente — declarou o dr. Pedro Guilherme. — Caso contrário, irá a óbito em alguns minutos.

— Então não há como saber onde esconderam Mercedes? — vociferou colericamente. — Nem se ela está interessada neste estrupício ou se é traidora da pátria?

A seguir, espumando de ódio e totalmente descontrolado, Dominik Lopes afirmou que Júlio Gutierrez não morreria naturalmente. Que seria fuzilado no final da tarde. Que o entubassem e o mantivessem vivo. Que, caso ele morresse antes da hora, todos seriam executados.

A comitiva que acompanhava a padiola improvisada, com Júlio Gutierrez deitado em cima, ladeada pelo dr. Perez levando o cilindro de oxigênio e demais apetrechos, lembrava a procissão de fiéis seguindo o andor carregando o santo.

Mas não era nada disso.

A maca de lona chacoalhava o enfermo, à beira da morte, pelo caminho estreito aberto no mato, com os prisioneiros continuadamente ameaçados por um déspota sanguinário e um bando de jagunços armados.

O céu azul e a lua cheia iluminavam a pequena clareira na mata fechada, onde a padiola foi deposta à frente de covas escavadas para receberem os corpos dos condenados.

O dr. José Perez, ao lado de Dominik Lopes, foi o primeiro a receber um tiro na cabeça, disparado pelo próprio tirano, que se afastou, abrindo espaço ao pelotão de fuzilaria.

Assim que os oito capangas levantaram suas armas, desencadeou-se um imprevisível tiroteio, com múltiplas línguas de fogo emergindo da mata fechada, por todos os lados da pequena clareira, forrando instantaneamente o chão de corpos estendidos ao lado das covas vazias.

Dezenas de guerrilheiros surgiram de todos os lados e correram em direção ao corpo pávido do dr. Pedro Guilherme e do corpo agonizante de Júlio Gutierrez. Sustentaram os dois e se embrenharam num atalho estreito do matagal, formando uma fila única.

Em questão de minutos, o pelotão de quarenta pistoleiros chegou ao local para enxergar, ao longe, o helicóptero dos guerrilheiros da Frente Sandinista de Libertação Nacional ganhar altura e desaparecer no céu azul.

Pedro Guilherme saiu ileso da emboscada que visava sequestrá-lo, e o corpo de Júlio Gutierrez foi recuperado para ser dignamente sepultado em sua cidade natal.

Dominik Lopes sobreviveu ao massacre por estar um pouco mais recuado em relação aos demais e, sobretudo, porque estava protegido pelo colete à prova de balas com a marca de cinco disparos na região peitoral. Todos os outros partícipes da Guarda Nacional foram mortos, inclusive as duas enfermeiras.

Numa breve reunião, realizada no acampamento da Frente Sandinista, com a presença do líder Geomar Palácios e de Pedro

Guilherme, foi decidido que o médico costa-riquenho, que prestou relevantes serviços ao povo de Manágua, seria transportado sigilosamente para a Argentina ou para o Brasil, uma vez que seria perseguido pelo comandante da Guarda Nacional que sobreviveu ao ataque. Decidiram também que fariam, de imediato, o translado do corpo de Júlio Gutierrez para Quilalí, sua cidade natal, para a cerimônia fúnebre.

A palavra quilalí, dita pelo líder da Frente, repercutiu no ouvido de Pedro, fazendo-o recordar que foi uma das três últimas palavras de Júlio Gutierrez em vida. Fora proferida no bocal do estetoscópio que ele havia desviado, em segredo, na direção da boca do moribundo, para que passasse a mensagem insinuada por seu olhar desesperador: "quilalí reis magos".

Pedro não teve oportunidade de tentar decifrá-la, mas ficou fácil reconhecer que Quilalí era o nome da cidade natal de Júlio Gutierrez e reis magos, certamente, poderia conduzi-lo à localização de Mercedes Lopes.

Geomar Palácios atendeu o pedido de Pedro Guilherme e autorizou a inclusão do seu nome no cortejo fúnebre secreto, pela mata, que seguiu, de imediato, em direção a Quilalí, onde o grupo prestaria homenagem ao companheiro morto, no cumprimento do dever patriótico, com uma salva de tiros de bacamarte.

Quilalí era uma cidade pequena, montanhosa, perto da divisa com Honduras, e Pedro Guilherme, discretamente embuçado, observava a fileira de parentes e amigos no momento da despedida do ente querido.

De súbito, uma mulher jovem surgiu envolta em um xale escuro e apenas seus olhos grandes amendoados, levemente puxados para cima, eram visíveis. Aproximou-se do esquife, fixou seu olhar no rosto do defunto e, poucos minutos após, retirou-se com discrição. Pedro deu um jeito de segui-la, até que ela entrou num estabelecimento intitulado Posada Tres Hermanos.

No fim da tarde, devidamente autorizado por Geomar Palácios, líder da Frente Sandinista, ele se hospedou na pousada e não demandou muito tempo para tomar conhecimento de que os *hermanos* se chamavam Baltasar, Melchior e Gaspar. Os Reis Magos!

Dr. Pedro Guilherme estava no mesmo local onde Mercedes Lopes, a filha foragida do comandante da Guarda Nacional da Nicarágua, também se encontrava.

"Um corredor polonês de autopunição"

Dr. Clóvis nunca se habituou com o uso diário do despertador de corda disposto sobre seu criado-mudo após o serviço de troca da mola que o sr. Gianni realizou. Entretanto, ele não retornou à relojoaria com o intuito de manifestar interesse em comprar um novo, só para não dar o braço a torcer, uma vez que Gianni o alertara de que um relógio moderno custaria quase a mesma coisa, e o negócio, para ele, seria muito mais vantajoso.

Ele sempre foi assim mesmo. No entanto, com o decorrer dos dias e dos meses, seu entusiasmo pelo seu jeito característico de viver a vida foi perdendo a força de tempos passados e acabou substituído pelo desânimo persistente.

Ele já não fazia questão absoluta de sentar-se no banco individual do ônibus, ao lado do motorista, mesmo porque não era todos os dias que ele chegava no horário ideal, no ponto final da rua Amâncio de Carvalho, para embarcar em primeiro lugar e acessá-lo com segurança.

As saudações amistosas de seus vizinhos, que dantes animavam a sua caminhada diária pela subida do pequeno trecho da rua

Pelotas até o ponto do ônibus, tornaram-se, segundo seu entendimento, apenas acenos cautelosos, após a noite tumultuada em que foi obrigado a dar uma correção severa ao seu filho Clovíco.

Naquele dia, ele despertou antes do toque do despertador, vestiu-se depressa, saudou Valentina na cozinha de maneira cortês, alimentou-se rapidamente e foi embora. O dr. Clóvis nem disse a Valentina que ela havia esquecido de colocar suas meias pretas no interior dos sapatos, debaixo do mancebo.

Embarcou um pouco antes do horário costumeiro, no ônibus das nove e meia, sem se incomodar com o humor dos passageiros nem por caminhar em fila para o embarque, e só se deu conta de que seu assento predileto ainda estava disponível quando nele se acomodou.

Assim que o ônibus partiu, o dr. Clóvis direcionou sua atenção ao barulho característico advindo do ronco do motor, mesclado com o murmúrio indistinto das vozes dos passageiros.

Quase pegou no sono, quando sua mente, em estado de insensibilidade, facilitou a evolução da perda momentânea de sua consciência. Entretanto, antes que o coletivo dobrasse a primeira esquina e após um espasmo involuntário dos músculos de seu corpo, ele voltou à realidade e se pôs a recordar as situações detestáveis vivenciadas desde a noite de fúria em que deu uma surra no seu primogênito.

A ação violenta fez com que o desassossego tomasse conta de sua alma e a incerteza de seu juízo. Ele não estava mais convicto de que o esforço gigantesco que havia feito ao abordar o comportamento de seu filho, de forma tão determinada — levando-o a consultas médicas ininterruptas e até a uma internação forçada numa clínica psicológica — tinha sido a maneira mais adequada de agir numa situação como essa.

Clovíco não repetiu o suspeito episódio de vestir-se com roupas de sua irmã, mas passaram a ser visíveis, pelo menos para o dr. Clóvis, alguns discretos trejeitos femininos na maneira de se alimentar, se comunicar e se movimentar.

As ocasiões em que o dr. Clóvis observou, de seu assento privilegiado, um viado pernóstico embarcar no ônibus, passaram a lhe provocar uma reação bizarra e desagradável demais de ser tolerada.

Ele notou que seu sentimento repulsivo não recaía mais, de imediato, no ato em si, mas na lembrança de que alguns dos gestos afetados do pervertido ele havia identificado, em menor intensidade, no comportamento cotidiano do próprio filho.

O *modus vivendi* da família Valancy nunca mais voltou a ser do jeito que já fora por anos a fio. Valentina refreou discretamente seu perfeccionismo na lepidez e discrição, ao proporcionar um despertar suave ao marido que, por sua vez, não disfarçou no seu propósito de não mais compartilhar intimidades com ela. Até a caixa de camisa de vênus ele havia jogado fora.

Laura havia concedido perdão ao Clovíco, no episódio do vestido branco rasgado e, a cada dia, aconchegara-se mais e mais a ele, até se converterem em irmãos cúmplices e inseparáveis. Caetano, com nove anos de idade, já desenvolvera características de comportamento cada vez mais parecidas com as do seu pai. Antes tímido e absorto em si mesmo, passou a tratar o dr. Clóvis como amigo e confidente.

Certo dia, há dois anos, Caetano disse, com o jeitinho infantil de um menino ingênuo, que ficou sabendo que o Clovíco cabulava as aulas matutinas de ginástica para brincar com o gaguinho lá no mato das mamonas.

— Quem é o gaguinho? — perguntou o dr. Clóvis, pressentindo ouvir algo desagradável.

— O filho do Geraldo — respondeu, sem malícia.

— Onde fica o mato das mamonas? — indagou, simulando indiferença, mas sentindo que o portal do inferno estava sendo aberto para ele entrar novamente. — É aqui por perto?

— Lá na vilinha, perto da venda do sr. Porfírio — explicou. — No fim da ruazinha tem um muro. Eles pulam e vão brincar de catar mamonas e bananas verdes no mato.

O dr. Clóvis recordava o caso da revelação de Caetano sobre a brincadeira de catar mamona no mato quando, coincidentemente, escutou o burburinho de crianças gritando.

Ele se assustou e se distraiu por alguns segundos, até que percebeu que o ônibus havia adentrado a rua Curitiba e passava em frente ao parque infantil do Ibirapuera, onde a algazarra das crianças brincando no pátio frontal sempre foi uma das características do parquinho. Então, pacificou-se, fechou os olhos novamente e se chafurdou nas lembranças desagradáveis.

Em vez de simplesmente resguardar a notícia da relação de Clovíco com o filho do Geraldo no refúgio apinhado de sentimentos de mágoa de seu cérebro, resolveu investigar a veracidade do acontecimento revelado por Caetano. Aliás, o dr. Clóvis já havia visto Antônio rondando a casa da rua Pelotas ou conversando com o pai na porta do cartório.

Assim, no outro dia, o dr. Clóvis subiu um trecho da rua Pelotas, para além do ponto do ônibus, até alcançar a venda do sr. Porfírio e a entrada da vila.

Caminhou pela ruela, passou por uma pequena praça onde se localizavam quatro sobradinhos, dois de cada lado, e seguiu adiante mais alguns metros, por um curto beco sem saída, até alcançar o muro baixo fechando a passagem.

O dr. Clóvis estava desatento, absorto em pensamentos sombrios, espreitando o matagal extenso por cima do muro e matutando se valia a pena voltar outro dia, com roupa apropriada, e entrar no mato a fim de procurar entender o que poderia ser feito ali, quando alguém se aproximou dele, por detrás, incitando-o a levar um baita susto.

— Dr. Clóvis! — exclamou esse alguém, denotando espanto. — Eu sou a Celeste. O senhor se lembra de mim?

— Mais ou menos — ponderou, observando as dobras de gordura no seu corpo preto, suado e desengonçado. — Sua aparência não me é estranha. Com certeza já pegamos o mesmo ônibus para o centro da cidade.

— Até algum tempo atrás, eu fazia faxina na casa da vizinha da dona Valentina, em todas as quartas-feiras — comunicou, sem conseguir disfarçar o estado de perplexidade que o encontro, naquele local, provocou. — Agora estou trabalhando por aqui, nesses quatro sobrados. Como vai a senhora Valentina?

— Muito bem, obrigado — respondeu, com a ideia fixa de ir embora o mais rápido possível, sem deixar a impressão de que o encontro inesperado levou o batimento de seu coração combalido a pulsar vigorosamente na garganta. — Matei a minha curiosidade e já vou indo.

— O senhor está procurando o Clovíco, não é mesmo? — perguntou, enxugando as mãos no avental. — Eu conheço o jeitinho de pais apreensivos com os filhos.

— Sim — respondeu, desviando o sapato de uma poça d'água e profundamente arrependido da ideia infeliz que teve de bancar o detetive particular. — A senhora conhece o Clovíco?

— Claro! — expressou, sorrindo. — Ele é amigo de José, o meu filho, que hoje está de castigo. Não dou moleza e estou sempre alerta na conduta das crianças.

— Então tá! — respondeu, deixando subentendido o tom de despedida. — De vez em quando eu também boto o Clovíco de castigo.

— Eu faço a minha parte — afirmou Celeste, com visível intenção de falar mais alguma coisa. — Porém, os outros quatro garotos, que fizeram a mesma coisa também deveriam ficar de castigo.

— Por que a senhora diz isso a mim? — perguntou, pressentindo outra bomba ativada, prestes a explodir em suas mãos. — O Clovíco se meteu em alguma encrenca com seu filho?

— O Clovíco, o Antônio e mais dois branquelos — respondeu, de uma maneira debochada. — Quer que eu te conte a estrepolia que fizeram?

— Sem dúvida — respondeu, sentindo-se cada vez mais afogado na situação vergonhosa em que se meteu. — Tudo que envolve minha família é da minha obrigação tomar conhecimento.

— Então vamos sair daqui — propôs, acautelada. — O terracinho da casa que estou faxinando é bem mais discreto. Não se preocupe, por favor, a residência está desocupada e aos meus cuidados. Não estou praticando nenhum delito.

Com a cabeça parecendo um viveiro de arapongas e conformado em submeter-se ao que desse e viesse na sequência da malfadada manhã, o dr. Clóvis sentou-se na cadeira de ferro do terracinho do sobrado que Celeste indicou, ao lado de outra, onde ela própria se acomodou.

Em seguida, ele cruzou os braços na altura do peito, dirigiu o olhar perscrutador à mulher e se pôs à disposição para ouvir o que ela tinha pra contar.

Celeste não se fez de rogada. Iniciou o relato, esclarecendo que, com tantos anos vividos no mesmo lugar, acostumou-se com os movimentos, os cheiros e os ruídos, tanto de dentro como de fora das casinhas.

Nos últimos dias, entretanto, notou uma movimentação incomum no local e até a presença de garotos que ela não conhecia, nem de vista. Em quase todas as manhãs, o José, o Clovíco, o Antônio e mais dois branquelos pulavam o murinho para brincar no matagal. Até aí, tudo bem. Ela já tinha se habituado. Só que a calmaria das brincadeiras não estava, nem um pouco, parecida com o furdúnço costumeiro.

Anteontem pela manhã, após constatar que os cinco haviam pulado o muro, Celeste decidiu dar uma incerta para desvendar o que estavam fazendo. Mas não foi pelo muro. Ela subiu a ruela, desceu a rua Pelotas, virou à esquerda na rua Amâncio de Carvalho, caminhou por alguns metros, subiu a rua Bagé, paralela à rua Pelotas, e chegou ao lado oposto do mesmo matagal.

Locomoveu-se furtivamente entre os arbustos de mamona e as pencas de bananas verdes, até conseguir chegar ao local da brincadeira, para descobrir o motivo de tanto falatório dissimulado entre eles e o porquê do sumiço das ferramentas do quartinho da bagunça.

Ainda de longe, ela constatou que o grupo havia capinado e nivelado uma área comprida e estreita do terreno, debaixo da folhagem pendente do chorão, e acomodado várias folhas de bananeiras, uma a uma, enfileiradas ao longo da faixa, formando uma passarela natural para desfile de modelos. Até frutinhas vermelhas do mato eles espalharam sobre as folhas para enfeitar o local.

Quando Celeste se aproximou ainda mais, um dos branquelos estava se exibindo, com trejeitos femininos exagerados e calçando sapatos altos, em que os saltos se enterravam no piso de folhas a cada pisada, enquanto as outras crianças, sentadas num tronco de árvore, assobiavam e exaltavam o modelo, morrendo de tanto rir.

Porém, quando chegou a vez de José e ele começou a desfilar, ela emergiu furiosa da mata, entre os arvoredos de mamona, provocando uma debandada geral. Até o Clovíco e o Antônio fugiram, deixando José sozinho no "palco". Celeste determinou que ele desmanchasse a passarela sozinho e caminhasse, ao seu lado, até o murinho, levado pela orelha, que ficou roxa de tanto ser puxada.

O dr. Clóvis, envergonhado e estremecido, agradeceu a iniciativa de Celeste em abrir o bico de uma maneira tão sincera, e se despediu, reprimindo o avanço da sensação de nó na garganta. Então retornou ao ponto do ônibus, ao trajeto até o cartório e a mais um dia angustiante e desafortunado.

Naquela noite, ao chegar em casa e constatar que Clovíco estava aquartelado no seu quarto, o dr. Clóvis subiu a escada e, como a cumprir um ritual obrigatório desprovido de emoção, abriu a porta, que não se encontrava trancada, e perguntou ao filho, aquilatando cada palavra proferida.

— Você faltou à aula de ginástica na escola, não é mesmo?

— O professor não marca presença — informou, defensivo. — Ninguém gosta de fazer ginástica na escola. Para que você me leva ao clube? Não é para estudar, não é verdade?

— Então o que você resolveu fazer, em vez de ginástica? — perguntou. — Outra prática esportiva?

— Eu cabulei uma aula, pai — afirmou, convicto. — Que mal há nisso? Pra fazer alguma coisa escondido. Transgressora. Eu não acredito que o senhor, na minha idade, não tenha matado algumas aulas pra fazer algo proibido pelos seus pais.

— Então me conta o que você fez — pediu, com a paciência atingindo o limite máximo e estranhando alguns termos usados por ele nas respostas.

— Se eu contar, não fica escondido — argumentou. — Se não é secreto, não é transgressão. Se não é transgressão, não tem a menor graça.

— Qual é a graça de ficar brincando, aos onze anos, de meninas desfilando numa passarela de folhas de bananeira? — perguntou, sentindo um começo de vertigem atingir seu cérebro. — Além do mais, com dois pretos da sua idade?

— Se o senhor foi informado de tudo — condicionou, sem mostrar temor algum —, por que me faz essas perguntas? Além do mais, um deles é o meu melhor amigo.

— Seu melhor amigo é filho do segurança do cartório — falou, enojado. — Você não pensa nas consequências do que faz?

— Não há consequência em ser amigo de uma pessoa inteligente e respeitada por todos — respondeu. — E principalmente pela sua família.

— Afaste esse moleque nojento das proximidades da minha casa e do meu cartório — esbravejou, ultrajado. — Não percebeu que o seu melhor amigo é preto, pobre, feio, viado e gago?

A lembrança daquele descarrego oral furioso foi tão real que deu a impressão de que o dr. Clóvis o havia proferido naquele instante e não há quase dois anos.

De súbito, ele abandonou o prolongado estado de introspecção em que se encontrava, que o fez ignorar o embarque dos passageiros e desdenhar a vida fervilhando por detrás da janela durante todo o percurso do ônibus, e só percebeu que haviam chegado ao Vale do Anhangabaú quando o cobrador anunciou em voz alta e ele escutou, sozinho, ainda sentado lá no banco individual da parte frontal: "Favor desembarcarem; ponto inicial!".

Ele se levantou do banco dianteiro e caminhou pelo corredor vazio, sentindo malquerença de si mesmo pelo fato de ter esquecido de separar o valor exato do pagamento da viagem, a ser entregue ao cobrador do ônibus. Ele sempre detestou esperar pelo troco.

Passou pela catraca, observando no rosto preto e suado do cobrador o esgar intencional de sarcasmo, exagerando no tempo de fazer o troco e tornando seu percurso da segunda metade do compartimento até a porta de desembarque um verdadeiro suplício.

"Louvando o desfecho feliz da fuga audaciosa"

Pedro Guilherme ainda não havia conhecido pessoalmente Mercedes Lopes nem sequer se ambientado com o quarto da Posada Tres Hermanos em Quilalí, onde estava hospedado com a firme convicção de conhecê-la, quando, durante a madrugada, Geomar Palácios, o líder da Frente Sandinista de Libertação, acompanhado de alguns guerrilheiros, irrompeu em seu aposento.

Seu propósito era adverti-lo de que a tropa que trouxe Júlio Gutierrez para a cerimônia fúnebre deixaria Quilalí pela selva, de imediato, em virtude de uma reviravolta na situação política em Manágua. Ponderou que ele deveria fazer o mesmo, só que na direção de Honduras, uma vez que o prometido transporte sigiloso para a Argentina ou para o Brasil fora suspenso.

Palácios esclareceu que o comandante da Guarda Nacional da Nicarágua, Dominik Lopes, ensandecido e inconformado com o sumiço da filha, ordenou o bloqueio de todas as estradas fronteiriças com países vizinhos e que era praticamente impossível se movimentar por qualquer delas.

Por esse motivo, Palácios chegou acompanhado de dois guias de sua confiança, Joselito e Malakay. Assegurou que a dupla o escoltaria até a cidade de Ocotal, bem perto da fronteira hondurenha, por picadas abertas na floresta à medida que prosseguissem, o que tornaria o percurso bem mais lento, porém bastante seguro.

Disse também que, em Ocotal, os guias o entregariam aos cuidados de Hector Bacelar, apelidado Rato, que se encarregaria de seu transporte até El Paraíso, já em Honduras, logo adiante da fronteira com a Nicarágua.

Enfim, deixou três mochilas clássicas de exploração na selva e advertiu que ele levasse dólares para subornar eventuais fiscais e pagar pelos serviços dos tramoieiros que encontrassem pelo caminho.

Pedro Guilherme não teve oportunidade de revelar a Geomar Palácios que levaria Mercedes Lopes em sua companhia para qualquer lugar que ele fosse.

Ele contou com a inestimável colaboração de Melchior para despertar Mercedes, colocá-la a par da situação e convencê-la a acompanhar o grupo, com a convicção de que o prolongado suplício estava na iminência de ser interrompido.

Deixaram a pousada bem antes do nascer do sol e uma hora após já estavam entranhados no rincão sul da floresta nicaraguense. Deveriam percorrer cinco quilômetros por dia, em mata fechada, para concluir o trajeto antes que se esgotassem as provisões que conseguissem carregar num jumento.

Os guias estavam entusiasmados, uma vez que cumpriram a mais arriscada etapa da expedição, ao redor do perímetro da mata, sem se defrontarem com os mercenários a serviço do comandante da Guarda Nacional. Movimentavam-se devagar e em silêncio, atentos a eliminar possíveis rastros do deslocamento que revelassem aos jagunços a sua localização, como o curupira, entidade fantástica brasileira com os pés virados para trás, para confundir perseguidores.

Pedro Guilherme só obteve êxito na primeira troca de ideias de cunho pessoal com Mercedes Lopes no final do primeiro dia de jornada. Sentados nas cadeiras de campanha, lado a lado, esfomeados e comendo a merenda fria entregue pelo guia, Pedro e Mercedes denotavam constrangimento e apreensão por desconhecerem tanta coisa um do outro.

— Está gostando da ração fria? — perguntou Pedro para quebrar o gelo e desfazer a tensão inicial.

— *Comería mierda para librarme de esta persecución de una vez por todas* — desabafou Mercedes na sua língua nativa, derramando uma lágrima do olho não encoberto pelo xale.

— Amanhã, no final da jornada diária, já estaremos longe da borda da mata — esclareceu Pedro, satisfeito com a resposta espontânea que ouviu. — Joselito e Malakay poderão fazer uma fogueira, então, seja lá o que iremos comer, com certeza será numa marmita bem quentinha.

Mercedes esboçou um sorriso tímido, que deixou Pedro Guilherme satisfeito. Ou melhor, feliz. Exageradamente eufórico para um gesto tão singelo. Seu conhecimento médico do corpo humano propiciou supor que a disparada no pulsar do seu coração não foi originada por uma circunstância física aleatória. Deixou-o com a pulga atrás da orelha. Será que o solteirão convicto levou uma flechada do cupido, no coração da floresta nicaraguense? E se apaixonou por um primeiro olhar, com apenas um dos olhos de Mercedes?

Naquela noite, permaneceram juntos por muito tempo ainda, conversando sobre as peripécias da expedição. Pedro evitou, estrategicamente, os assuntos pessoais e sobretudo os de teor íntimo, para não correr o risco de afastar Mercedes do ambiente amistoso que conseguiram criar. Até que se entregaram, cada um na sua rede, aos braços de Morfeu.

Durante o dia seguinte, os guias estabeleceram um ritmo acelerado pela mata fechada, com o uso confiante dos facões. Assim, no final da tarde e da jornada de trabalho, Joselito e Malakay acenderam uma pequena fogueira e, então, prepararam uma ração quente apetitosa para servir aos fugitivos.

Pedro, sentindo-se bem mais à vontade com Mercedes, aproveitou o ambiente favorável e abordou, superficialmente, a narrativa caótica que estava encalhada na sua garganta e sufocando sua mente.

— Quando o terremoto atingiu Nicarágua, eu estava em San José da Costa Rica — declarou, cauteloso. — Festejando com meus amigos a proximidade das festas de fim de ano e o sucesso numa aventura esportiva.

— Eu estava na "boca do dragão", periferia da cidade, entre miseráveis, viciados, traficantes e fugitivos — comparou, olhando com atitude reflexiva para o chão, balançando a cabeça e vertendo lágrimas incontidas pela face empalidecida. — Desejava prevenir um companheiro de que meu pai estava em seu encalço. Mas não deu tempo. Eu entrei na casa onde ele se escondeu, e percebemos que estávamos sendo cercados pelos jagunços da Guarda Nacional. Júlio pretendia me resguardar e se preparava para se entregar aos mercenários, quando o terremoto eclodiu. Uma viga de madeira pesada despencou do telhado sobre seu corpo. Impossível tirá-la dali. Antes de perder os sentidos, implorou para eu fugir para Quilalí e procurar o Melchior, na Posada Tres Hermanos. Foi lá que você me achou, depois da festança em San José. Não foi mesmo?

— Não foi bem assim, eu...

— Eu sei... — disse longínqua, passando o xale no lado esquerdo do rosto para enxugar as lágrimas. — Eu sei muito bem. Melchior me contou quase tudo a teu respeito. É que agora fiquei com vontade de te arreliar. Nem sei por quê!

Pedro Guilherme a abraçou com ternura e aproveitou o excelente momento de descontração para desviar suas mãos para os dois lados do pescoço de Mercedes. Em seguida, sem deixar de olhar seu olho esquerdo, deslizou as mãos lentamente em direção às orelhas, fazendo com que seu xale se desprendesse dos cabelos e caísse sobre seus ombros, expondo a cicatriz grosseira, ocupando todo o lado direito da face.

— Eu sabia que você faria isso — afirmou, zombeteira. — Os médicos são muito curiosos. Vivem fuçando na gente.

— Não estou fuçando como médico curioso — esclareceu, satisfeito com o diálogo íntimo. — Sou teu companheiro de uma viagem desconfortável e perigosa, que exige o máximo de atenção de todos. Por que ficar escondendo o rosto dos macacos da floresta? Você escondia o rosto do seu namorado?

— Que namorado? — perguntou, soltando uma gargalhada. — Os homens são mesmo muito complicados. Toda essa conversa mole só para saber se Júlio Gutierrez era meu namorado?

— Você está me deixando envergonhado, eu...

— Júlio foi meu amigo de infância — disse lamentosa, interrompendo a fala de Pedro. — Recentemente acabou se envolvendo com os guerrilheiros da Frente Sandinista. Meu pai ficou sabendo e pretendia prendê-lo, julgá-lo e obviamente condená-lo à morte por traição. Naquele dia, com Júlio ferido e inconsciente, eu saí correndo em direção à estrada, fora da zona atingida pelo terremoto, com o dinheiro que eu entregaria a ele ainda preso ao meu corpo. E foi esse dinheiro que levei para salvá-lo que usei para subornar um motorista de ambulância que, em vez de transportar os feridos graves aos hospitais da periferia, acabou me levando até as proximidades de Quilalí. Salvei minha vida. Que Deus perdoe o sacrilégio que cometi.

Pedro fixou o olhar intensamente nos dois olhos de Mercedes, pela primeira vez, e aproximou seu rosto do dela, que não ofereceu resistência. Então deu um beijo discreto nos seus lábios, retirou as mãos de seu rosto e pousou os braços nas coxas. Ficaram assim, olhando para baixo, absortos em suas próprias ambiguidades, até que Malakay chegou para avisar que as marmitas estavam quentes.

Nos dias que se sucederam, Mercedes deixou a cicatriz à mostra, e Pedro animou-se a matar a sua curiosidade a respeito do provável acidente que a originou. Já nas proximidades de Ocotal, o grupo atravessou um campo imenso com a mata aberta em meio a diversas árvores gigantescas. Livres e soltos, após tantos dias espremidos na mata fechada, Pedro e Mercedes caminharam de mãos dadas, aparentando desembaraço e resignação. Assim que o sol ficou a pino, Pedro solicitou aos guias um período de descanso, debaixo das árvores, que foi concedido, não sem olhares maliciosos.

— Estou morrendo de curiosidade — disse, acomodando-se ao lado de Mercedes embaixo da árvore. — Posso lhe perguntar uma coisa?

— Se você vai perguntar de qualquer jeito mesmo, pra que pedir permissão? — falou, com o rosto suado pelo sol ardente. — Eu já te falei tanta coisa. Você não acha que chegou a minha vez de perguntar?

— Só mais uma e depois eu passo a vez — condicionou, passando a mão esquerda na face direita de Mercedes. — Onde foi que você arrumou esta cicatriz?

— E não é que você perguntou mesmo! — afirmou, respirando profundamente. — É uma história muito triste, mas acredito que você deva mesmo conhecer.

— Estou ansioso para saber o motivo — falou, demonstrando evidente expectativa. — Tenho minhas razões para isso.

— Então escute — disse, com a voz pausada. — Meu pai, como todos os tiranos, já havia sofrido inúmeros atentados contra sua vida. Ele sempre se safou e continua se safando até hoje. Porém, no ano passado, fomos emboscados na estrada, perto de Jinotepe, ao sul do país. Na limusine, que ficou destruída na fuzilaria com os guarda-costas e consequente abalroamento com um caminhão parado no acostamento, viajavam, além do motorista, meu pai, minha mãe, meu marido e eu. O motorista e meu marido, que se encontravam no banco da frente, morreram instantaneamente. Eu e minha mãe fomos levadas para a minúscula casa de saúde da pequena cidade. Meu pai, sempre protegido por camadas e mais camadas de coletes à prova de tudo, foi tratado na enfermaria, com pequenos arranhões e nada mais. Minha mãe morreu no dia seguinte e meu rosto foi suturado pela enfermeira, pois o médico responsável não estava na cidade. Ela fez o que seu conhecimento clínico permitiu na época, porém, graças a Deus, salvou meu olho direito. Desde então, sou mais reconhecida pela cicatriz que pelo meu próprio rosto. Pronto. Agora o doutor já sabe como eu consegui a cicatriz, que não tenho namorado e que sou viúva. Deseja saber mais alguma coisa?

— Se a viúva ainda for só viúva — avaliou, abrindo um sorriso maroto —, eu gostaria de fazer uma promessa.

— Que história é essa de promessa...? — perguntou.

— Prometo viver todos os dias da minha vida, de agora em diante, com você ao meu lado — pressagiou, ajoelhando-se solenemente. — Se você aceitar, evidentemente.

Mercedes abraçou Pedro e o beijou pra valer, enquanto Joselito e Malakay aplaudiam entusiasticamente.

Após o repentino intermezzo, o grupo passou a se movimentar célere em direção a Ocotal. Não tinham mais nenhum minuto a perder.

À medida que o grupo se aproximava da borda norte da floresta, a tensão foi aumentando gradativamente e, quando as silhuetas das primeiras casas de Ocotal surgiram no horizonte, a dupla de guias foi obrigada a interromper a marcha para realizar uma tarefa desagradável, porém necessária.

Joselito e Malakay cavaram um enorme fosso, sacrificaram e deslocaram a carcaça do jumento para dentro, com todo o ferramental, utensílios, materiais e vestuários utilizados na travessia da selva, cobriram com terra e camuflaram os vestígios da boca do fosso com galhos, folhas e pedras.

Logo depois, seguiram caminhando pelos poucos quilômetros que restavam para chegarem à cidade, como se fossem turistas estrangeiros aventureiros, finalizando uma excursão guiada pelo entorno da floresta.

Adentraram o caramanchão do Rato, onde os guias felizes e radiantes entregaram Pedro Guilherme e Mercedes aos cuidados de Hector Bacelar para a assustadora etapa da travessia fronteiriça, atulhada de jagunços de Dominik Lopes.

O ninho do Rato era uma construção rústica com o chão de terra batida, onde se encontravam alguns caminhões de grande porte, um deles com um carregamento de cachos de bananas.

Em um dos cantos afastados do portão de entrada havia um contêiner usado e em péssimas condições de manutenção, usado como escritório de Hector Bacelar. Na breve reunião entre os dois, Hector esclareceu a Pedro Guilherme o *modus operandi* da operação de resgate e recebeu o saldo do pagamento pelo serviço a ser prestado na fronteira, em El Paraíso e em Tegucigalpa, com todos os fiscais e jagunços devidamente subornados.

Isso posto, Rato levou o casal fugitivo até o caminhão carregado de bananas e, convidado a subir por uma escada, Pedro Guilherme observou, com os olhos arregalados e o coração em franca disparada, o gabião aramado quadriculado oco, disposto no fundo da carroceria e cercado por cachos de bananas.

Hector informou que o casal deveria ficar deitado, lado a lado, no fundo do gabião, que após o fechamento do tampo igualmente aramado seria coberto por cachos, ocultando os fugitivos, até a quitação da taxa aduaneira e a liberação do caminhão para o ingresso em Honduras.

— A viagem não é demorada — esclareceu, demonstrando a segurança de quem sabe o que está fazendo. — Até mandei colocar uma mantinha no fundo, para que não saiam com marcas quadriculadas do gabião nas costas. É confortável, mas não é uma suíte e, se quiserem usar o banheiro, o momento é agora.

Mercedes subiu a escada, paralisada de tanto pavor, e Pedro Guilherme subiu a seguir, sempre auxiliados pelos asseclas de Hector Bacelar. Eles se acomodaram da melhor maneira possível, perceberam quando a tampa do gabião, também reforçada com arame, foi instalada, e acompanharam quando a visão do telhado do caramanchão foi sendo gradativamente obstruída por cachos e mais cachos de bananas, até sumir por completo.

Quando o motor foi ligado e o caminhão se pôs em movimento, Mercedes arrancou o xale da cabeça e cobriu os seus olhos e os de Pedro, tal foi a quantidade de fragmentos secos que se desprenderam dos cachos acima de seus corpos estendidos. Todavia, foi com muito alívio que Mercedes constatou que conseguia enxergar mínimos vislumbres do céu azul entre as bananas dos cachos, e que era possível respirar sem grandes dificuldades.

O motorista tomou o rumo de El Paraíso, acessando a única estrada lotada de outros caminhões, a maioria transportando cachos de bananas, diga-se de passagem, um dos principais produtos de exportação, tanto da Nicarágua como de Honduras.

Na fronteira, o caminhão foi inspecionado por fiscais aduaneiros e observado por jagunços da Guarda Nacional. Rato desceu da boleia do caminhão, apresentou pessoalmente a guia de pagamento das taxas de saída e a cancela foi levantada, liberando a entrada em Honduras.

Pedro Guilherme e Mercedes, que perceberam todo o movimento e o teor das conversas no exterior da carroceria, festejavam silenciosos e ansiosos, quando sentiram que o caminhão, após percorrer uma curta distância, desacelerou, manobrou e estacionou no acostamento.

— Bem-vindos a Honduras — desejou Hector, enquanto mijava nos pneus duplos traseiros do caminhão. — Ainda temos quarenta minutos de viagem até El Paraíso. Vocês preferem passar para a boleia ou ficar aí mesmo?

— Graças a Deus, Rato! — louvou Pedro Guilherme, enquanto consultava pelo olhar a opinião de Mercedes, que retribuiu a consulta com gestos inconfundíveis. — É pouco tempo para tamanha mexida. Vamos até o final aqui mesmo!

— Então vou providenciar um teto solar para melhorar o conforto de vocês — declarou, retirando alguns cachos de banana, entregando-os ao motorista para dispô-los no acostamento, e mostrando sua cara zombeteira pelo buraco aberto. — Boa viagem! O pôr do sol está maravilhoso.

Quando o caminhão entrou na velocidade estável de viagem, Pedro e Mercedes ainda ficaram imobilizados por um tempão, satisfeitos pelo resultado da viagem até o momento, por receberem o calor instigante dos raios solares e, enfim, por vislumbrarem o céu, ainda relutante em permitir o surgimento das estrelas.

Viraram seus corpos de lado, simultaneamente, se olharam e se abraçaram, como se houvessem recebido o mesmo comando cerebral para festejarem o momento único de suas vidas. Beijaram-se apaixonadamente, como se fosse o último ato de suas existências e se entregaram ao amor incondicional, numa algazarra íntima e silenciosa, repleta de agitações eróticas e esbraseantes, para afinal restarem-se, fatigados e prazenteiros, exibindo aos pássaros do entardecer o sorriso libidinoso entrevado em suas faces.

O caminhão adentrou o depósito coberto em El Paraíso, utilizado para carga, descarga e armazenamento de cachos de banana. Estacionou ao lado de uma limusine preta luxuosa. Rato e seu motorista subiram com as escadas à carroceria do caminhão e encontraram o casal abraçado e dormindo a sono solto; retiraram a tampa aramada do gabião e ainda tiveram bastante dificuldade de despertá-los.

— Bem-vindos ao planeta Terra — saudou Hector, galhofeiro. — A suíte presidencial está aconchegante?

— Ah! — expressou Pedro, movimentando-se e cutucando Mercedes para acordá-la. — O ninho ficou acolhedor depois da fronteira.

— Então vamos descer com muito cuidado — recomendou, estendendo as mãos para ajudá-los. — A limusine está à disposição para levá-los ao hotel.

— Pra que a limusine? — perguntou, saltando da carroceria enquanto Mercedes descia a escada com o auxílio de Hector, pelo outro lado do caminhão.

— Os árabes milionários sempre chegam desse jeito — esclareceu, com jeito professoral. — Quanto mais ricos, menos perguntas. A regra é essa em Honduras. O valor que você pagou cobre isso tudo e muito mais. Não se esqueçam de mim e aproveitem.

Os dois, muito curiosos, aproximaram-se da limusine, e Hector entregou um embrulho fechado para cada um e pediu que fossem ao banheiro. Logo após, despontaram pela porta do banheiro um árabe de túnica branca e turbante beduíno e uma muçulmana vestindo *hijab*, cobrindo seu rosto e seu corpo.

Despediram-se de Hector Bacelar, o Rato, embarcaram na limusine, que disparou em direção ao hotel Portal del Ángel. Lá chegando, o motorista subiu a simpática e tortuosa vereda, esterçou à esquerda e estacionou em frente ao elegante portal de recepção dos hóspedes.

Os recepcionistas paramentados do hotel abriram, simultaneamente, as duas portas da limusine e cada qual desembarcou por um dos lados. Em seguida, a limusine dirigiu-se à saída do hotel e rumou, célere, à locadora de veículos da capital hondurenha, antes que o estabelecimento encerrasse o turno diário e Rato fosse obrigado a pagar por mais uma onerosa diária.

Assim, em grande estilo, o dr. Pedro Guilherme Castilho chegou ao hotel Portal del Ángel, no centro da cidade, vestindo uma túnica branca e turbante baixo marrom-claro, no estilo beduíno. Sua acompanhante, Mercedes Lopes, vestia o *hijab* clássico, cor de cobre, cobrindo-lhe o corpo todo e uma parte considerável do rosto.

Na recepção, o gerente ignorou a apresentação de documentos de identidade e pagamento de diárias, tudo em concordância com a negociata firmada com Hector Bacelar, recomendado por Geomar Palácios e contratado por Pedro Guilherme na cidade de Ocotal, ainda na Nicarágua, bem perto da fronteira com Honduras.

Seguiram o mensageiro pela vereda estreita, tortuosa, iluminada por tochas laterais de fogo e envolta em um extenso túnel verdejante de plantas floridas perfumadas, criando uma atmosfera de frescor e romantismo. O chalé bem localizado, a eles destinado, era o último do caminho e possuía uma vista espetacular do parque Cerro Juana Lainez.

Assim que o mensageiro deixou o chalé e Pedro trancou a porta, Mercedes se pôs à sua frente, dissimulando o desejo de chorar.

— *Gracias a Dios!* — expressou, permitindo a libertação do toró de lágrimas contidas. — *Estaba tan assustada!*

— Vou te confessar uma coisa — declarou Pedro, contendo a iminente gargalhada. —Você está com um bodum horrível de banana. Vamos tomar banho imediatamente.

Pedro puxou o *hijab*, com véu e tudo, pela cabeça de Mercedes, deixando-a com o vestido sujo usado em todo o período de fuga e fez a mesma coisa consigo, amontoando as roupas orientais num dos cantos do quarto para serem usadas na manhã seguinte, e as fedorentas no outro canto, para serem descartadas.

Nus e ansiosos, tocaram-se levemente com os lábios, um no outro, e foram caminhando, de mãos dadas, até a enorme banheira vitoriana do aposento. Já aninhados, cada um de um lado da banheira e sentados com os braços enlaçando as pernas dobradas, ficaram se olhando, admirando-se e namorando, enquanto a potente torneira d'água quente enchia célere a banheira.

— *Lo siento por ti mi amor* — declarou, tocando com os dedos, finos e delicados, a cicatriz facial enorme e grosseira, desde o meio da testa, tangenciando o olho direito e finalizando embaixo da orelha. — *Mereces una mujer más hermosa.*

— Vou despachar esta mulher feia para o esgoto — afirmou, puxando a corrente do tampão do ralo. — E vou juntinho com ela.

Eles ficaram observando o movimento do ralo sugando a água suja e fedorenta até se transformar num pequeno redemoinho.

Pedro saiu da banheira, tampou o ralo, abriu a torneira outra vez e passou a ensaboar levemente os cabelos negros de Mercedes com água limpa e quente.

Passou as mãos pela sua face e massageou a cicatriz, de um lado até o outro, várias vezes. Investigando, definindo, solucionando.

Depois, Pedro entrou na banheira de novo, deitou-se ao lado de Mercedes e, abraçados, ficaram em banho-maria até escutarem o ronco aflitivo de seus estômagos.

Passaram a primeira noite de liberdade ceando à luz de velas e dormindo nus, desapossados que estavam de todas as roupas.

"Ela reconheceu o incompetente espião"

A manhã chuvosa não começou nada bem para o dr. Clóvis. Depois de amargar um rosário interminável de divagações sombrias ao longo de toda a madrugada insone, a respeito do comportamento de seu filho primogênito, viu frustrado seu firme propósito de conversar com sua diretora financeira e dedicar um tempo extra à pintura, assim que sua secretária adentrou o gabinete de trabalho.

— Bom dia! — saudou-o e, a passos ligeiros, foi até o aparador no canto da sala e depositou a bandeja com a xícara de café aromático e a jarra d'água.

— Olá! — expressou, melancólico. — Hoje estou precisando de um dia sereno. — Quero dedicar um bom tempo à pintura. Alguma novidade?

— A secretária do dr. Alex Fonseca telefonou. Agorinha mesmo. Ela pediu para lhe avisar que ele estará no Terraço Itália, a partir das treze horas, e o aguardará numa das mesas panorâmicas laterais — descarregou num só fôlego a má notícia. — Eu preciso confirmar o encontro?

— Não vai adiantar nada — esclareceu, lamentando perder um tempo precioso de pintura para acalmar seu espírito agoniado. — Necessito comparecer. Quando o Fonseca se encasqueta com alguma coisa, não há o que o faça mudar de ideia. Em todo o caso, dizem que há males que vêm para o bem.

— O senhor quer que eu providencie alguma coisa? — perguntou, solícita. — Está chuviscando!

— Vou levar o guarda-chuva — afirmou convicto, com o pressentimento de que recebeu um sinal para mudar de ares. — Só preciso atravessar o Viaduto do Chá e fazer uma pequena caminhada até a avenida Ipiranga. Não se preocupe.

O restaurante do Terraço Itália estava bombando de tanta gente, mas no canto direito, ao lado do janelão, Alex aguardava Clóvis, apreciando a espetacular vista panorâmica da cidade, mesmo com a garoa insistente.

— Ora viva, Clóvis! — expressou, eufórico. — Que bom revê-lo depois de tanto tempo.

Alex e Clóvis se abraçaram, beijaram-se e enalteceram o encontro agradável que estavam vivenciando. A seguir, iniciaram uma conversação trivial a respeito de suas famílias, da prolongada amizade que usufruíam desde o período escolar, das algazarras compartilhadas na época da faculdade, das ameaças sofridas durante a ditadura militar interminável e, enfim, dos respectivos relacionamentos atuais.

Quando o garçom chegou para atendê-los, apresentando o menu e a carta de vinhos, Fonseca optou de modo célere, como se já houvesse planejado o prato *burrata con pomodori e prosciutto di parma croccante* e, para harmonizar, o vinho tinto italiano Puccini Brunello di Montalcino.

Apenas e tão somente pela escolha das iguarias, Clóvis percebeu que a estada deles no restaurante não seria nem ligeira nem desenxabida. Então escolheu o prato *insalata di tonno con patate aromatizzate alle erbe*, que há muito tempo desejava saborear. Esses pratos gourmet do restaurante não ficariam prontos para serem servidos antes das catorze horas e trinta minutos.

— Você se lembra do Ademarzinho? — perguntou Alex, cheirando o vinho na taça servida pelo garçom e gesticulando sua aprovação. — Nosso amigo da fábrica de chocolate.

— Claro que me lembro — respondeu de imediato. — Foi no enterro simbólico dele, no ano passado, que estivemos juntos a última vez.

— Veja o que me aconteceu — declarou, gesticulando com as mãos, pedindo calma.

Com a voz serena e o semblante circunspecto, Alex revelou que, no dia anterior ao falecimento, Ademar lhe fizera uma confidência honesta e arrojada. Reconheceu que estava devastado com sua situação financeira, profissional e familiar. Estava sentindo na carne o sofrimento de ser atraiçoado pela própria esposa e pelos três filhos. Confessou que, havia pouco tempo, cometera um desmedido erro ao conceder aos seus filhos, em vida, uma participação expressiva nas ações da indústria que, somadas às que sua esposa já dispunha, concedia aos quatro o poder de controlar a empresa. Jamais imaginou que fariam uso desse direito adquirido enquanto ele ainda estivesse vivo. Porém, o grupo tomou partido em várias decisões contrárias à sua vontade, arruinou o clima entre eles e transformou a indústria, herdada de seus pais, num conglomerado repleto de problemas e com pouco valor comercial. Afirmou ainda que não havia mais tempo para recomeçar e que havia perdido a vontade de viver.

— Fonseca! — expressou, balançando a cabeça para os dois lados do corpo e com o semblante denotando assombro. — É inacreditável, o que você está me contando. Não consigo imaginar o Ademar falando essas coisas.

— Pois é, Clóvis — retrucou. — Levei algum tempo para me certificar de que ele não estava de brincadeira sem graça comigo.

Os dois amigos deram uma pequena trégua no bate-papo para que o garçom completasse de vinho suas taças quase vazias. Naquele instante, Clóvis notou que dois homens bem-apessoados olhavam de maneira indiscreta em direção à mesa que eles ocupavam. Comentou à boca miúda o fato com Fonseca que, após uma indiscreta olhadela, afirmou que se tratava de seus guarda-costas.

— Hoje em dia precisamos estar sempre prevenidos — aconselhou, com postura magistral. — Em qualquer lugar em que estejamos.

Qual o quê! Não haviam se passado nem cinco minutos e os dois homens reencontraram suas acompanhantes e ocuparam a mesa, que eles estavam cobiçando, ao lado da deles.

— Você não tem jeito mesmo, não é? — perguntou, contemplando Fonseca dar uma gargalhada. — Já não está na hora de criar juízo?

— Compulsão, meu amigo! — disse, controlando a risada. — Compulsão. Quando eu percebo, já falei bobagem.

Retomando o relato, Alex admitiu que, por exemplo, houve a mesma compulsão de contar uma mentirinha quando Ademar insinuou que poderia acabar com a própria vida. Ainda sem acreditar na história que Ademar estava lhe contando, sem raciocinar nem avaliar as consequências do que estava prestes a fazer, ele cometeu o primeiro equívoco nesse imbróglio. Desandou a inventar uma história sobre sua própria vida. Afirmou que Ademar não foi o único a sofrer nesses tempos de linha-dura do governo militar no Brasil e nos conflitos com a mulher e os próprios filhos. Ele próprio estava passando dificuldades com sua família e seu patrimônio estava em rota de desaparecimento, consumido pelo aperto da situação política. Fonseca admitiu ao amigo que estava com vontade de chutar o pau da barraca, largar a família, o negócio e começar tudo novamente em outro lugar.

Quando ele se preparava para confessar ao amigo que era tudo brincadeira e que não resistiu à compulsão de fazer uma pegadinha — como a que acabou de fazer, com a história dos guarda-costas — a ligação telefônica caiu e Ademar não retornou. Ele não teve como explicar que estava muito bem, saudável e feliz com a mulher e os filhos.

— No dia seguinte — relatou —, o Ademar faleceu em uma tragédia ferroviária de grandes proporções envolvendo dois comboios em chamas, deixando como legado apenas sua aliança retorcida, com o nome da esposa no lado interno, e levando consigo a impressão de que seu grande amigo Alex Fonseca estava passando por grandes dificuldades e prestes a tomar uma atitude radical.

— Vamos pedir a sobremesa e outra garrafa de vinho? — perguntou Alex, piscando o olho.

— Sobremesa, sim; vinho, não! — disse, já pensando no que o esperava na volta ao cartório. — Ainda tenho meio período para cumprir.

O garçom chegou com o menu de pospasto, e Alex Fonseca escolheu *semifreddo di pistacchio con gelato di gianduia,* e Clóvis *tiramisù ghiacciato con pavesini, mascarpone, caffè e cacao,* sobremesas que levariam, no mínimo, uma hora para chegarem à mesa.

Na semana passada, continuou o relato, extrapolando todas as suas mais inimagináveis situações, ele recebeu um telefonema na sua linha exclusiva de alguém que se identificou como o próprio Ademar.

Como só conheceu uma pessoa com esse nome em toda a vida, atendeu ao telefonema e ouviu, em poucas palavras, que ele não havia morrido, que realizou um procedimento clandestino inédito, que estava muito bem, num novo lar, com uma ocupação diferente muito agradável e longe dos problemas do passado.

Ademar falou ainda que ele o havia recomendado como possível cliente e que seria procurado, via telefone pessoal, dentro de três dias, às onze horas em ponto, apenas para ouvir as instruções iniciais.

— Isso está parecendo um romance de Agatha Christie — avaliou, com um meio sorriso desconfiado no rosto. — Já estou esperando a pegadinha.

— Se fosse baboseira, eu não o teria convidado para um almoço tão formal — explicou. — Considere que essa agradável reunião gastronômica inclui, de minha parte, um pedido súplice de desculpas.

Fonseca reiterou que a conversa com Ademar foi na segunda-feira e que, na quinta-feira, ficou ao lado do telefone e pediu para ninguém entrar na sala. Não é que às onze horas, em ponto, o telefone tocou e uma voz estranha (alterada por aparelho eletrônico) perguntou seu nome! E foi aí que ele cometeu seu segundo e mais inconveniente erro. Informou que seu nome era Clóvis Valancy.

— Neste preciso momento estou lhe pedindo as mais sinceras desculpas — disse com a voz arrastada e pouco clara, segurando as duas mãos de Clóvis. — Minha compulsão por fazer brincadeiras inoportunas não deveria nunca envolver os meus queridos amigos.

— Ainda não entendi como essa história maluca pode, de alguma maneira, me prejudicar — comentou, enigmático. — "Não tomar meu santo nome em vão?" Saiba que não sou santo.

— Não é isso! — falou Fonseca, retirando uma fita cassete do bolso do paletó e entregando a ele. — Escute a fita que eu gravei e depois chegue às suas próprias conclusões.

— O que você vai fazer a esse respeito? — perguntou Clóvis, abrindo lugar à mesa para o garçom colocar as xícaras de café expresso. — Vai querer vasculhar a vida do Ademar?

— Não consigo lidar com o sobrenatural — confessou, melancólico. — Eu não viajaria sossegado se não comentasse contigo que informei o seu nome à voz metálica. Só isso.

— Para onde vocês viajam? — perguntou, pressentindo o clima de final do misterioso encontro.

— Prioritariamente, Veneza — informou, assinando a nota fiscal trazida pelo garçom. — Depois, o resto da Europa, até chegarmos a Milão para passar as festas de fim de ano com meu primogênito.

Quando chegaram à calçada do edifício, o motorista de Alex Fonseca já estava posicionado em frente e ele insistiu em dar uma carona para Clóvis até o cartório.

— Estou desculpado? — perguntou, ao oferecer as mãos para despedir-se. — Escute o conteúdo e jogue fora a fita. Não quero que te julguem um maluco, se a encontrarem com você.

— Boa viagem, Alex — respondeu sobressaltado, ignorando o conselho final. — Não se preocupe.

O motorista deixou o dr. Clóvis à porta do cartório e não houve como evitar o encontro com o repulsivo preto enfeitado, abrindo-lhe a porta com um sorriso fingido.

— Minha mesa está abarrotada de tanto trabalho acumulado — informou à sua secretária, logo que ela adentrou o gabinete atendendo ao seu chamado. — Não gosto de ver a pilha de pastas muito alta no lado esquerdo da mesa.

— Posso auxiliá-lo de alguma forma? — perguntou.

— Não é o caso — respondeu. — Quando terminar o seu turno, você pode ir pra casa. Solicitei sua presença para informar que, depois da reunião diária com a dra. Marlene, vou permanecer por aqui mesmo.

— Então, obrigada, doutor — agradeceu. — Até amanhã.

Assim que Márcia saiu do gabinete, Clóvis foi até o aparador, no cantinho da sala, junto à entrada do ateliê de pintura, abriu a gavetinha, retirou uma toalhinha rendada colorida e estendeu-a sobre o tampo do pequeno móvel. A seguir, adentrou o ateliê e alcançou o toca-fitas, uma garrafa de vinho rosê francês Manon

Côtes de Provence na sua adega pessoal e duas taças de cristal. Acomodou tudo no tampo do aparador e sentou-se numa das poltroninhas ao lado do móvel.

Instalou a fita no aparelho, serviu-se numa das taças de vinho e se pôs a escutar, com os olhos fechados, a transmissão da voz metálica: "Em dezembro, no último dia da primavera...".

E escutou novamente. A seguir, outra vez. Até que, às dezessete horas em ponto, o dr. Clóvis ouviu as duas batidinhas tradicionais, guardou a fita na gavetinha do aparador, levantou-se e, com a taça na mão, foi abrir a porta para a dra. Marlene entrar.

— Ai! Que susto! — expressou Marlene, ao vê-lo do outro lado do batente. — O botão de abertura automática não está funcionando?

— Entre, por favor, doutora — convidou, aguardando seu trespassar hesitante. — Eu estava perto da porta e sabia que era você.

— De qualquer modo, não é nem um pouco usual você abrir a porta para um subalterno — desabafou intrigada, observando a taça de vinho na sua mão e outra no aparador. — Você está com alguém no ateliê?

— Está perguntando isso por quê? — inquiriu, sorridente.

— Sei lá — expressou. — Seu jeito, a garrafa, as taças... Não quero importunar. Podemos conversar amanhã.

— Vamos conversar agora mesmo — afirmou convicto, bebendo um gole da taça que havia em sua mão. — Se você aceitar, evidentemente.

— Isso é bem mais que um fato corriqueiro — afirmou constrangida, colorindo de vermelho seu rosto aturdido. — Eu sei que não é data de seu aniversário. Nem do meu. Nem da empresa...

— Sinais, Marlene, sinais — disse vagamente, incentivando-a a acompanhá-lo até o canto da sala e sentar-se na poltrona que ele indicou com insistentes gestos. — Eu careço da ajuda de alguém em que eu tenha plena confiança e confesso que, após tantos anos, só me vem à mente o nome de minha diretora financeira.

— Uau! — expressou, aceitando a taça de vinho. — Isso é uma confissão inédita. Quer dizer que sou a "sua" diretora? Mas eu estou preocupada que "sua" secretária apareça aqui e flagre o chefe e a contadora do cartório bebericando, sem motivo nenhum, no seu gabinete particular.

— Minha secretária foi dispensada — informou, irônico, servindo mais um pouco de vinho nas taças vazias. — E está longe de ser sem motivo.

— Muito bem, Clóvis — exprimiu, com o semblante rosê, da cor do vinho. — Diga-me o motivo de você desejar conversar com "sua" diretora no "privê" de seu gabinete. A curiosidade está me matando. Já estou esperando a luz se apagar lentamente e todos os funcionários saírem do ateliê, em "trenzinho italiano", cada um com as mãos nos ombros dos que estão à sua frente, seguindo o líder carregando um bolo com as velas acesas e cantando parabéns para alguém.

— Que bela imaginação — exaltou, efusivo, tentando idealizar como reverter o clima romântico para o tema de uma consulta sigilosa sobre contabilidade.

— Não é isso, então? — perguntou, tomando o derradeiro golinho da sua taça.

— Então vamos dar um susto em todo mundo — convidou-a, estendendo-lhe a mão e mantendo-a segura até abrir a porta do ateliê em que, apesar da pouca iluminação, não se enxergava vivalma. — Onde está o pessoal?

Naquele segundo, os dois ficaram frente a frente debaixo do batente da porta do ateliê e, na troca de impremeditados olhares, renderam-se ao caminho sem volta do sexo transgressor; ensejaram o deus Eros a se munir da zarabatana encantada e aplicar o potente sopro das flechas imaginárias, logo convertido em forte ventania, que foi despojando as vestes dos dois porvindouros amantes, unidos no beijo fatal e dispondo-as numa formação aleatória pelo chão do ambiente pictórico.

Então calaram-se e, no silêncio recuperado, deixaram-se consumir pelas labaredas da paixão erótica incontida, estendendo-se no chão acarpetado, rolando de um lado para o outro, abraçando-se, gemendo, reclamando, esbravejando, ajoelhando-se, sussurrando, suspirando e, por fim, acabaram prostrados, imóveis e ofegantes, festejando intimamente os prazeres da folia divina.

Deitado de bruços e com a lateral da face apoiada no carpete, Clóvis acompanhou os movimentos de Marlene, ao recolher suas roupas do chão, levá-las ao lavabo, vesti-las novamente, aproximar-se dele, ajoelhar-se, beijar a sua face suada e sair do gabinete. Escutou, ainda, o ruído do elevador pondo-se em movimento e, logo depois, o som da porta exclusiva batida com estardalhaço.

Do lado de fora, o indivíduo espreitava, há horas, por detrás de uma quaresmeira de floração roxa, do outro lado da rua Álvares Penteado. Usava o guarda-chuva preto para ocultar seu semblante e testemunhou quando a dra. Marlene saiu do Cartório Valancy pela porta exclusiva do dr. Clóvis, virou na esquina adjacente, caminhou pela rua da Quitanda até o final e entrou em um táxi, no ponto da Praça do Patriarca.

Quando o veículo fez o giro à esquerda, acessou o Viaduto do Chá e, antes que concluísse a curva, instintivamente, ela olhou por sobre o ombro o vidro traseiro do táxi e levou um baita susto.

O espreitador fechou o guarda-chuva, caminhou pela rua da Quitanda, adentrou a galeria Prestes Maia, desceu pelas escadas rolantes e se dispersou entre os usuários dos ônibus.

"A equipe médica do dr. Leo estava perfeita"

O Douglas DC-3 da Lacsa — Líneas Aéreas de Costa Rica — aterrissou na pista única do aeroporto de Toncontín, em Tegucigalpa, procedente de San José, trazendo o dr. Paulo Navarro, a dra. Maria Valverde e, com eles, as maletas de instrumentos cirúrgicos e materiais hospitalares esterilizados, solicitados pelo dr. Pedro Guilherme Castilho.

Pedro e Mercedes ascenderam ao piso superior e, apoiados no parapeito do terraço panorâmico, acompanharam o procedimento de pouso do avião, desde sua aparição, emergindo das nuvens sobre o morro El Picacho — tingidas de múltiplas cores pelo sol poente —, até o toque esfumaçado dos pneus na pista do aeroporto. Então, desceram à ala de desembarque.

Ao aparecerem no portão de saída ao saguão, os viajeiros foram recepcionados entusiasticamente pelo anfitrião e sua acompanhante "muçulmana", elegantemente vestida com uma saia estampada marrom, com detalhes floridos verdes e com o *hijab* bege-escuro cobrindo-lhe o contorno do rosto.

— Quem diria, hein? — enlevou-se Paulo, levantando os braços e balançando as mãos em sinal de alívio. — Uma alma despencou do paraíso. Ressuscitado, elegante e escoltado por uma linda mulher.

— Com certeza, Pedro tem muito a nos confidenciar — completou Maria, segurando as duas mãos de Mercedes e beijando-a na face. — Vocês formam um casal encantador. Qual isca você usou para fisgar o solteirão inveterado?

— Ei! — expressou Pedro, contraindo o semblante para simular desagrado. — Ainda não notaram a minha presença? Se eu houvesse previsto essa malcriação, teria deixado Mercedes no hotel e vindo sozinho.

Daí, sem que houvesse instigação, os três médicos deram-se as mãos naturalmente e, com as cabeças baixas, fizeram uma pequena roda viva em torno de Mercedes. Então exultaram de felicidade por estarem juntos novamente, após tantas mazelas sofridas ou imaginadas por todos. E assim ficaram, como se estivessem sozinhos no local, até que as lágrimas derramadas desenhassem um círculo úmido no piso frio do saguão do aeroporto.

De comum acordo, decidiram ir direto para o bar El Barrilon, na Calle la Salud, não muito longe do aeroporto e a meio caminho do hotel. Todos careciam festejar o encontro, com gosto de fantasia, uma vez que o dr. Pedro Guilherme Castilho foi assassinado, no cumprimento voluntário do dever, nas vielas enegrecidas e perigosas da região central de Nicarágua, alguns dias após a eclosão do terremoto que estremeceu a cidade.

Sentaram-se à mesa lateral que o garçom indicou, mais ao fundo do salão e, após consultar sua namorada e seus convidados, Pedro Guilherme pediu uma garrafa de champanhe francesa Veuve Clicquot Brut e uma tábua de queijos frescos, deixando transparecer que, para o casal ardoroso, dinheiro não era problema.

No decorrer da noite e até o início da madrugada, os companheiros médicos perguntaram, responderam, argumentaram, criticaram e ponderaram até se convencerem, sob a atenção meticulosa de Mercedes, de que todos estavam a par de tudo que aconteceu com todos nos últimos trinta ou quarenta dias de suas vidas conturbadas. Então foram para o hotel, onde o casal de amigos de Pedro foi alojado em outro chalé.

O motorista desativou a sirene da ambulância assim que se aproximou do hospital; transpôs a portaria, seguiu em direção à vereda em curva e a estacionou sob a marquise de acesso ao setor de Pronto Atendimento do Hospital Medical Center.

Os enfermeiros da recepção de acidentados retiraram a maca articulada em que a vítima estava deitada com a cabeça enfaixada suja de sangue, colocaram-na no piso sobre as próprias rodinhas e dispararam em direção ao centro cirúrgico. Não fizeram triagem, identificação ou questionamento. Tudo em conformidade com o que foi pactuado entre o dr. Pedro Guilherme e Hector Bacelar, o Rato.

Eles travaram a maca defronte à porta de entrada da sala de cirurgia pré-selecionada e puseram-se a esperar. Logo após, o dr. Pedro Guilherme escancarou a porta, puxou a maca para o interior do recinto, dispensou os enfermeiros com um gesto usual e tornou a fechar a porta.

Mercedes desceu sozinha da maca, recebeu o beijo afetivo do querido companheiro e, então, passou a receber a atenção da dra. Maria Valverde nos aprestos da demorosa cirurgia.

O dr. Pedro Guilherme logo procedeu ao checklist preliminar da sala de cirurgia para certificar-se de que o que havia sido explicitamente exigido ao Hector foi disponibilizado: sala higienizada, foco central com iluminação adequada, mesa e bandeja cirúrgicas em perfeitas condições.

Notou ainda que até o aparelho de som Philips e a fita cassete da coleção *Noturnos* estavam dispostos sobre o aparador. Os instrumentos e os materiais cirúrgicos, como o foco de testa, bisturi, tesoura, agulhas e linhas especiais para a sutura interna, estavam nas maletas trazidas de San José da Costa Rica.

À meia-noite em ponto, desempenhando o ritual exclusivo por ocasião de cirurgias plásticas reparadoras praticadas no período noturno, o dr. Pedro Guilherme acionou a tecla do aparelho sonoro, a fita cassete rodou e envolveu o ambiente hospitalar com a sonoridade musical prazenteira do "Noturno em Mi Bemol Maior", de Frédéric Chopin.

Ato contínuo, o dr. Pedro Guilherme alcançou a caneta branca de marcação cirúrgica, tomou-a na mão direita e, como se houvesse sublimado a uma conformação divina, o doutor riscou, delineou, cortou, modelou e cerziu a pele do rosto de Mercedes, sob o olhar reverenciado de seus colegas médicos, até que o enfaixou e o beijou; acomodou, então, sua cabeça afadigada sobre o tórax do corpo estendido na mesa cirúrgica e distraiu sua mente com o pulsar tranquilo do coração adorado.

A reversão anestésica desencadeada pelo dr. Paulo Navarro passou a fazer efeito e, quinze minutos após, Mercedes despertou, ainda muito desorientada. Todavia, logo reconheceu o semblante tranquilo de Pedro, transparecendo que a tensão, durante o procedimento, deu lugar à bonança e à tranquilidade.

Assim, os três amigos, com a paciente na maca, deixaram o centro cirúrgico e embarcaram na ambulância particular providenciada pelo Hector e, antes do meio-dia, estavam acomodados no chalé, comentando a façanha inédita de utilizar, sem autorização, o centro cirúrgico de um dos mais conhecidos hospitais de Tegucigalpa.

A reunião festiva internacional, realizada nas dependências do bar El Barrilon, contou com a presença do casal hondurenho

Leopoldo Calderon e sua companheira Isabel de Moura Ortiz, sem o *hijab* a lhe cobrir o rosto lindo; dos médicos costarriquenhos Paulo Navarro e Maria Valverde; e do negociante nicaraguense Hector Bacelar, conhecido como Rato.

Hector Bacelar nasceu num dos lugares mais miseráveis e violentos de Manágua. Filho de pai alcoólatra e mãe trambiqueira, tinha de tudo para se tornar, logo na adolescência, um delinquente perigoso e irrecuperável.

Por um descuido da natureza, porém, seu corpo maltratado, injustiçado e abandonado, foi dotado de um espírito complacente e de uma alma repleta de carisma.

Profundo conhecedor do status corruptível dos donos do poder em todas as áreas de atuação, Hector aprendeu a transitar pelo caminho do esgoto social entre os poderosos, como um rato que não se intimida com o fedor da ganância, da inveja e da vingança. Daí seu apelido!

Com um punhado de dólares, sua única arma física, ele aprendeu a convencer agentes da lei, funcionários privados e até servidores eclesiásticos a deixarem de se portar eticamente com seus deveres profissionais, facilitando, aos seus clientes abastados, a realização de seus propósitos ilegítimos, desde que não fossem maldosos ou prejudicais a quem nada tinha a ver com o objetivo que buscavam alcançar.

Dessa forma, ele serviu Pedro Guilherme e sua companheira, disparando sua metralhadora pecuniária, subornando e corrompendo quem quer que fosse, com o propósito de facilitar a passagem ilegal do casal pela fronteira hondurenha; possibilitar a hospedagem incógnita do casal no hotel Portal del Ángel; acobertar o ingresso dos médicos e da paciente no setor de pronto atendimento do Hospital Medical Center, para a realização da cirurgia clandestina de Mercedes; ocupar a sala cirúrgica de uma clínica particular, onde o dr. Paulo e a dra. Maria Valverde realizaram o procedimento estético no rosto do Pedro, sem que fosse produzido relatório da intervenção e, finalmente, na confecção e entrega dos passaportes falsos hondurenhos de Pedro e Mercedes, com os nomes de Leopoldo Calderon e Isabel de Moura Ortiz.

Todavia, essa imensa pauta de importantes acontecimentos não constava no menu do banquete proporcionado pelo novo casal hondurenho. O prato principal, a ser degustado entre golinhos de champanhe francês Moet Chandon Imperial Brut, era conciso e indigesto: o poderoso comandante da Guarda Nacional da Nicarágua, Dominik Lopes, cada vez mais enfurecido com o sumiço da filha traíra, estendeu suas garras para além das fronteiras dos países vizinhos, por meio de mercenários clandestinos, pagos com dinheiro desviado da ajuda humanitária entregue ao povo sofrido de Manágua.

Desse modo, tornou-se crucial que o novo casal hondurenho abandonasse a pátria o mais breve possível, assim como o próprio Hector, passível de ser considerado alvo num processo de investigação de suas atividades, assoberbadas de enigmas facilmente decifráveis.

— Costa Rica, Brasil ou Argentina? — perguntou Leopoldo, rolando a taça de champanhe entre as duas mãos.

— Brasil! — respondeu Hector, demonstrando a firmeza de quem conhece o assunto que está tratando. — Costa Rica nem pensar. Argentina, como plano B, se algo der errado.

— Tenho mais confiança no Brasil — revelou Isabel, fazendo um rolinho, entre os dedos polegar e indicador da mão direita, com o folheto de propaganda portenha. — Além do mais, eu sei que meu pai possui aliados na Argentina.

— E aí, Hector — zombou Leo, servindo um pouco mais de champanhe na sua taça —, a Isa está te oferecendo um emprego em alguma cidade do Brasil. Você aceita ou vai pensar um pouco mais?

Na realidade, Leopoldo já havia combinado com o Hector uma parceria minuciosamente detalhada entre ambos, fora do território hondurenho, e a reunião festiva visava, apenas, a consolidação final do acordo.

— Não tenho mais o que pensar — reagiu Hector, levantando sua taça em agradecimento a Isabel. — É só vocês decidirem partir, que eu vou junto.

— Então estamos ajustados — expressou Leo, ao levantar o braço e gesticular para o garçom o pedido de mais uma garrafa de champanhe. — Vamos comemorar.

— Vamos glorificar o casal mais lindo de Honduras — convidou Maria Valverde, levantando sua taça. — Vida longa e próspera ao casal!!!

— A saudação vulcana do filme *Jornada nas Estrelas* é feita com os dedos da mão em "v", e não com a taça de champanhe, meu amor — galhofou Paulo, sorrindo para a esposa. — Vou ficar bem triste longe de meus lindos amigos metamorfoseados.

Ao final da reunião mais estratégica que festiva, os amigos voltaram ao chalé do hotel Portal del Ángel, com uma garrafa extra de champanhe. Rato despediu-se e foi para o seu refúgio, com o propósito de tramar o meio de transporte mais seguro para o Brasil, se de navio, ou de avião.

O navio de carga e passageiros *Princesa Isabel,* da Companhia de Navegação Lloyd Brasileiro, deixou Puerto Cortés em Honduras, navegou pelo mar das Caraíbas ao largo de Porto Rico e República Dominicana até alcançar o oceano Atlântico, nas vizinhanças de Trinidad e Tobago.

Então, o navio passou a costear a orla brasileira na direção sul, desde Fortaleza, margeando as cidades de Salvador e Rio de Janeiro, para afinal concluir a viagem, de vinte e seis dias, no porto de Santos.

Os hondurenhos Leopoldo Calderon e sua extasiada esposa, Isabel de Moura Ortiz; o empresário nicaraguense Hector Bacelar; além dos outros vinte e sete passageiros, permaneceram debruçados no parapeito do convés superior, exteriorizando surpresa, alegria e serenidade, até a total atracação da embarcação ao movimentado cais da cidade portuária.

Hector havia trabalhado com todo empenho para conseguir o resultado primoroso que alcançaram até o momento. Ele sabia que tanto Leopoldo como Isabel nunca visavam o próprio lucro, mas o bem do próximo. E isso tinha muito valor para Rato, que conviveu e convive com partícipes de uma sociedade egoísta, que exige que tudo gire ao redor dos próprios umbigos. E fariam o necessário, sem escrúpulo nem remorso, para perpetuar esse propósito.

Ao tomar conhecimento de que o doutor havia chegado à Nicarágua por intermédio de uma organização humanitária, para atender voluntariamente os acidentados do terremoto, e de que sua esposa havia fugido da vila luxuosa em que vivia com seu pai tirano, para salvar a vida de um companheiro que lutava contra a ditadura corrupta, ele passou a cobiçar sua adesão no ainda incógnito projeto social que o doutor estava planejando.

— Desfrutem do momento único — desejou Hector, ao alcançar o saguão nobre do Atlântico Hotel, na praia do Gonzaga, abrindo seus braços para despedidas. — Vocês fizeram por merecer!

— Você nem conhece a cidade — argumentou Isa, contraindo o rosto em sinal de inquietude. — Fique aqui pelo menos esta noite.

— Não se apoquente, senhora! — exclamou Hector, piscando o olho direito e fazendo um gesto afirmativo com a cabeça. — As coisas de que preciso fazer são iguais em qualquer parte do mundo. O meu trabalho, para ser executado com perfeição, deve germinar onde a vida real acontece. No limbo da sociedade. E isso eu sei encontrar rapidinho. E, outra coisa, será que ainda não percebeu que o doutor está louco pra ficar sozinho com você?

— O Hector não vê a hora de lagartear ao léu até encontrar o seu lugar ao sol — filosofou Leo, abraçando o companheiro com força. — Daí, ele começará a fazer valer o seu talento.

— Então, boa sorte! — desejou Isa, derrubando uma lágrima em seu ombro, ao abraçá-lo carinhosamente.

A primeira noite do casal, no Brasil, foi repleta de traquinagem. Assim que o som da porta fechando-se ecoou na atmosfera lúbrica da enorme suíte, transpareceu que Eros, o deus do amor e da paixão, metamorfoseou o casal ajuizado em crianças travessas: beberam várias taças de champanhe Dom Pérignon Vintage Brut; cearam à luz de velas, encarando-se e deleitando-se, sem parar, com os novos semblantes; ligaram a rádio-vitrola da suíte, dançaram na cadência lenta das baladas de Nat King Cole e, de súbito, livraram-se de suas vestimentas de viagem e, só com as roupas íntimas, dançaram freneticamente no ritmo agitado dos Beatles e dos Rolling Stones.

Exaustos e felizes, eles posicionaram-se defronte ao enorme espelho da suíte e, sem pararem de gingar, passaram a examinar minuciosamente suas faces suadas e brilhantes.

— Você ficou bonita demais — afirmou Leo, girando seu corpo para permanecer frente a frente com Isa. — Será que, pela primeira vez na vida, vou me arrepender de ter executado um trabalho tão perfeito?

— Não me venha com essa conversa mole, Leo — aconselhou, gesticulando com a mão fechada e o dedo indicador em riste, balançando de um lado para o outro, de modo lento e contínuo. — Quero ouvir você repetir isso amanhã cedinho, curtindo uma ressaca daquelas.

— É sério, amor! — afirmou, com a fala arrastada. — Para fazer esse trabalho, estudei até o rosto de Al Capone. Seu apelido era *Scarface*, por causa de uma cicatriz, igualzinha à sua, que ele ganhou numa briga de gângsteres. Levou uma navalhada. Só que no lado esquerdo.

— Quem vai levar uma navalhada é você — ameaçou, contraindo os músculos da face, exibindo uma expressão austera —, se não for agora encher a banheira. Vamos relaxar em águas quentes e calmas até o sol despontar por cima do Monte Serrat. Estou exausta.

Nos dias que se seguiram, Leo e Isa continuaram brincando como crianças afoitas e despreocupadas. Perderam-se nas ruelas em torno dos canais de drenagem da cidade, nadaram no mar bravio da praia do Gonzaga, beberam muita champanhe e, quando a noite chegava, davam asas à imaginação e faziam amor, revelando o desejo mútuo, cada vez de um jeito diferente.

No domingo à tarde, início da terceira semana de sumiço de Hector, um sinal de alerta surgiu por alguns segundos na mente amansada e tomada de amor de Leopoldo. Estavam bebericando, sentados num dos sofás de vime, tipo namoradeira — enfileirados ao longo da parede dos fundos do terraço e com uma bela vista do mar — e Leo assentou o copo no tampo da mesinha auxiliar, segurou carinhosamente as duas mãos de Isabel, fixou o olhar nos seus olhos e preparou-se para confessar o aparecimento dessa inquietude em relação ao paradeiro de Hector. De repente, a visão premonitória calou a boca de Leopoldo. Não é que Rato surgiu do nada e se encontrava subindo a escadaria social do hotel?

Quando avistou Leo e Isa no terraço, gesticulou alegre e exageradamente na direção deles e, à medida que se aproximava, exibia com mais nitidez o semblante amorenado, saudável e embevecido de um camarada que estava de bem com a vida.

— Olá, meus amigos — saudou-os efusivamente, enquanto recebia abraços fraternos dos dois, em pé, ao lado da poltrona de vime. — Espero que o doutor não tenha se preocupado com meu sumiço.

— Eita! — expressou Leo, abraçando-o vigorosamente. — Você acredita em transmissão de pensamento? Pois eu estava pensando em você, agorinha mesmo.

— Eu nem falei nada pro Leo — confessou Isabel, ao abraçá-lo também. — Mas eu estava começando a ficar aflita. À toa!

Pelo seu jeito, parece que você não enfrentou só trambiqueiros. Não é mesmo?

— Sim, senhora! — concordou Hector, exibindo um semblante maroto. — Qualquer dia eu apresento a portuguesinha para vocês. Francisca Alves, a Chica. De qualquer maneira, não dá pra "negociar" com figurões carimbados parecendo um mendigo.

A seguir, Hector alcançou uma cadeira e sentou-se diante do casal; aproveitou a proximidade do garçom, pediu uma garrafa de cerveja, encheu seu copo e o ergueu para um brinde, compartilhado por Leo e Isa.

— Quero brindar a presença de um brasileiro neste grupo — afirmou, levantando seu copo e dando uma risada irônica, diante de dois semblantes surpresos. — Miguel Ferreira Garcia, ao seu dispor. Eu!

— Como assim? — expressou Leo, sem conter a gargalhada.

— Mudei meu nome e profissão — declarou Rato, jogando a carteira de identidade e a habilitação sobre a mesa. — Eu precisava testar o poder de manipulação que alcançaria com os dólares fáceis aos indivíduos certos, que decidem mesmo. O mais difícil, nesse charco social corrupto, é descobrir quem são os "caras". E isso eu já sei! Os documentos falsos, eu obtive com agilidade e discrição. Os assuntos delicados dos clientes do doutor na Clínica vão ser solucionados pelo mesmo caminho.

— Você mudou seu nome, não é verdade? — perguntou Isa, sorridente e com expressão irônica. — Como fica seu apelido?

— Não é a primeira vez que mudo de nome — afirmou, contando os dedos da mão. — Porém... uma vez Rato, sempre Rato. Gosto de lembrar que me chafurdo no esgoto social, entre os corruptos, para ajudar anônimos a obterem uma nova chance de serem felizes. Como o doutor ofereceu para mim.

— Encontrou o casarão que lhe pedi para procurar? — interrompeu Leo, mais para mudar de assunto.

— É a cereja do bolo! — expressou. — Por isso deixei para contar por último. Um casarão numa rua discreta, com três pisos, garagem ampla no térreo e escada lateral para acesso aos pavimentos superiores e, atenção, com um elevador pequenino na garagem que acessa direto o segundo piso. Já sediou uma clínica de aborto que foi fechada pela vigilância sanitária e está abandonado há alguns anos. Encontrei o proprietário num asilo; está lúcido e quer vender o mais rapidamente possível, com a concordância da família toda. Negócio limpo. Pode ficar no meu nome brasileiro. É só o doutor concordar, que já disponho do pessoal para fazer uma reforma caprichada.

No dia seguinte, o dr. Leopoldo e sua esposa saíram, logo cedo, na companhia de Miguel, em direção ao morro de São Jerônimo (Monte Serrat), com o intuito de conhecer o imóvel que Miguel havia descrito, nos mínimos detalhes, durante a noite, no terraço do Atlântico Hotel.

— Meus parabéns, Miguel — parabenizou Leo, após a vistoria meticulosa. — Você transformou em algo viável o que eu idealizei com tantos pormenores. O segundo piso é suficiente para mim e minha equipe; o primeiro, com certeza, atenderia a mais dois médicos da mesma especialidade.

— Eu já sei quem são os dois médicos que estão passeando na sua cabeça — cogitou Isa, com um sorriso irônico no rosto. — Você não dá ponto sem nó.

Nem decorreu tanto tempo assim e Miguel estava aguardando a dupla de médicos, na área de estacionamento temporário, do lado de fora do acesso ao saguão nobre do aeroporto de Congonhas. Acomodou-os confortavelmente para a descida da Serra do Mar, em direção à cidade litorânea de Santos, com a ordem expressa do dr. Leo de acomodá-los no Atlântico Hotel.

Durante a descida da serra, porém, extremamente excitados com a novidade e com a difícil decisão que foram obrigados a tomar em San José da Costa Rica, Paulo e Maria pediram para ir direto até a Clínica. Estavam morrendo de curiosidade e ansiosos diante da expectativa de iniciarem uma nova etapa de suas vidas.

Em Santos, a meio caminho do Monte Serrat, antes da grande curva da rua Antônio Bento, Miguel esterçou à direita, percorreu o pequeno trecho da ruela sem nome até o final, estacionou diante do casarão que encerrava a passagem, aguardou o término da abertura do portão automático e adentrou a ampla garagem.

"Criatura e criador estavam no mesmo lugar!"

Nos dez últimos dias da primavera, Clóvis permaneceu deveras absorto. Sentado numa das cadeiras com assento de palhinha, junto à pequena mesa de canto, ele manuseava — pela décima e última vez consecutiva — as notas de cinquenta dólares que retirou do cofre particular embutido numa das paredes do ateliê.

Ele finalizava as sessões ritualísticas solitárias que havia optado por realizar. Desejava, com os atos, propiciar tempo suficiente para sua natureza humana ratificar, ou não, o que sua mente decidira concretizar: abandonar a vida real, que se tornou decepcionante e maligna, para assumir uma outra vida — inestimável, desconhecida e irreversível — de uma maneira bizarra.

O tabelião havia afastado os pincéis, as tintas e os apetrechos de pintura da mesa e aproximado as folhas de papel de embrulho branco, o grampeador e o suporte da fita Durex, para reiniciar a tarefa que só ele mesmo poderia executar.

Em seguida, Clóvis separou e alisou as cem notas de cinquenta dólares, exibindo o semblante de Ulysses S. Grant, décimo oitavo presidente dos Estados Unidos, com o olhar plácido estampado dirigido aos seus olhos desnorteados e hesitantes; segurou o maço com as duas mãos em paralelo e, batendo-o na mesa com firmeza, nivelou seus quatro lados; dispôs o maço no centro da folha de papel e confeccionou um embrulhinho bem-feito, lacrado com fita Durex. Era o último dos dez pacotinhos que necessitava fazer para cumprir a primeira etapa do programa.

Guardou o pacote com cinco mil dólares no cofre, junto aos outros nove, e deu início à segunda etapa do ritual diário: revestiu o tampo da mesinha com uma toalha bem macia, dispôs sobre a toalha e com a pintura voltada para baixo, o décimo quadro emoldurado que ele havia selecionado.

Então, retirou cuidadosamente a cartolina espessa de proteção traseira da moldura e, no verso, fixou — com a fita adesiva — o comprovante de título ao portador que Marlene lhe havia entregado.

Por fim, repôs a cartolina na mesma posição que ocupava e a grampeou novamente na moldura; apoiou o quadro na parede livre do ateliê junto aos outros que já haviam sido remontados.

Removeu todo o material utilizado, reconduziu as tintas e os apetrechos de pintura aos devidos lugares, deu uma olhada orgulhosa pelo recinto, desvestiu o jaleco de pintura e voltou para o seu gabinete.

O serviço burocrático que estava realizando tinha uma razão para ser feito dessa maneira. Seu propósito era ocupar os espaços livres de sua mente confusa pela atenção em um jogo lúdico solitário, lento e introspectivo. Tudo para afastar sua consciência do que havia ocorrido e do que estava para eclodir. Ele pretendia adiar a sapiência de uma razão plausível para justificar o que havia decidido fazer. E o tempo para isso acabara de se esgotar.

As ações que se sucederam a partir daquela tarde estapafúrdia, em que Clóvis e Alex almoçaram no restaurante do Terraço

Itália, provocaram, em efeito cascata, o envolvimento de vários colaboradores graduados do Cartório Valancy e um amigo do tabelião-chefe numa trama enigmática.

No dia posterior ao irrefletido descarrego erótico de Clóvis e Mercedes no ateliê de pintura — instigado por diminutas seduções diárias de Marlene ou Márcia — deveria pairar, no ambiente de trabalho, uma atmosfera de desconfiança interpessoal; todavia, pelo contrário, o clima foi de atípica normalidade.

Clóvis caminhou de um lado para o outro, sentou-se na sua poltrona junto à mesa de trabalho e forçou a mente ao examinar uma das pastas de documentos empilhados para serem analisados, outorgados e assinados.

Dentro de quinze minutos, ele ouviria as duas batidas tradicionais à porta, anunciando a presença de sua diretora financeira, a dra. Marlene Araújo Botelho.

Naquele princípio de noite, há doze dias, depois da saída de Marlene pela porta exclusiva, Clóvis se esmerou como nunca para transformar o ambiente repleto de lascívia — no chão, no corpo e no ar — em um sereno ateliê de pintor, exalando o cheiro aprazível das aquarelas multicoloridas.

Incorporado no espírito excitante e prazenteiro, recheou duas paletas de tinta fresca e, com os braços levantados, rodopiou com elas pelo ateliê, várias vezes, até que, exaurido demais, sentou-se na cadeira de palhinha, farejando os últimos odores da recente algazarra sexual.

Então voltou ao gabinete. Alcançou e levou a garrafa vazia de vinho para um canto do ateliê e a colocou junto às outras que ali se encontravam; lavou, enxugou e guardou as taças de cristal no armarinho sob o aparador; abriu a gavetinha, pegou a caixa do cassete secreto entregue por Alex, retirou os dois carretéis e puxou a fita magnética até esvaziá-los; descartou o emaranhado na máquina de triturar e acionou a manivela com a mão, até a bandeja receptora ficar livre de qualquer fragmento.

Satisfeito com a organização, Clóvis passou a analisar os documentos da enorme pilha de pastas mal alinhadas na bandeja de entrada, de uma maneira inusual e até um tanto irresponsável, ou seja, apenas passou os olhos e outorgou todos, em menos de trinta minutos, formando uma fila alinhada, de forma excessiva, na bandeja de saída de sua mesa de trabalho.

Por fim, caminhou lentamente pelo gabinete, mentalizando que, acontecesse o que fosse, jamais diria a ninguém, e principalmente para Marlene, que o real motivo de a convidar para tomar uma taça de vinho com ele naquele fim de tarde surreal era solicitar-lhe que, desvirtuando a lisura de sua formação acadêmica, o favorecesse com uma artimanha contábil.

Isso posto, de chapéu na cabeça, guarda-chuva no braço e um segredo na mente, Clóvis desceu pelo elevador de serviço, dirigiu-se à saída exclusiva, trancou a porta pelo lado de fora e foi embora do cartório.

Marlene precisou de algum tempo para entender o motivo que a fez olhar para trás, enquanto o táxi concluía a longa curva para acessar o Viaduto do Chá, e, acidentalmente, flagrar o Modesto desvencilhando-se de seu ridículo guarda-chuva curvo, que encobria sua cabeça.

Retocava com pó de arroz o rosto fogoso herdado do imprevisível "sexo selvagem" que havia feito com seu chefe, enquanto procurava idealizar o motivo de Modesto estar vigiando a porta de saída privativa do Clóvis.

Chegou a sua casa ainda num horário admissível e ficou aliviada por constatar que seu marido ainda não havia chegado. Disparou para o quarto, dobrou toda a roupa usada com afogo, precipitou-se para o box e tomou uma ducha quente e demorada, eliminando os mais sutis rastros do que havia ocorrido.

Não conseguiu eliminar, porém, o tesão profundo que ainda estava sentindo e que não estava disposta a deixar de sentir tão cedo. Vestiu uma lingerie sensual, perfumou-se com esmero e desceu para o térreo. Verificou o que a cozinheira havia preparado para o jantar, escolheu o vinho ideal para combinar com o prato e passou a esperar por seu marido na sala, manuseando uma revista *Vogue*, em inglês.

Cearam tomando vinho, conversaram despreocupadamente e, com gestos ou "caras e bocas" sensuais, conseguiu o seu intento de passar uma noite romântica como há muito tempo não acontecia; digna de um casal sem filhos, retomando o interesse recíproco que já estava na iminência de tornar-se monótono e crônico. Namoraram, brincaram e fizeram amor para valer, com franqueza e pujança, até que se esgotaram ao mesmo tempo.

Ao olhar-se no espelho antes de ir para a cama, já preparada para dormir, passou a mão suave pelo rosto, onde pequenas rugas já começavam a se manifestar, e sentiu-se agradecida ao constatar que a chacoalhada sexual irresistível e de caráter evidentemente traiçoeiro havia ligado o tênue fio de luz que atravessava o negrume de um casamento estagnado, desesperançoso e melancólico.

Atenta aos sinais, Marlene adormeceu com a ideia fixa de que não tomaria atitudes que colocassem seu casamento revigorado em rota de ruína novamente, mesmo que tivesse que fazer vista grossa em assuntos que não lhe diziam respeito. Assim, manteria em segredo e não revelaria a ninguém que encontrou o dr. Modesto numa situação ridícula, vigiando a saída exclusiva utilizada apenas pelo dr. Clóvis.

Modesto foi convencido por Valentina a procurar Clóvis fora do ambiente de trabalho e ter uma conversa sincera com ele — olhos nos olhos — sobre o falatório de todos os funcionários de que estava ocorrendo uma crise relevante que colocou o casamento de Clóvis e Valentina numa estagnação crônica.

Modesto pretendia colocá-lo a par de que a tal crise já havia se tornado assunto comentado por todos, à boca miúda, e que só estavam aguardando um final amigável para que se concentrassem em seus propósitos e suas atenções para o que realmente importava, ou seja, o fortalecimento e o crescimento da empresa.

Por outro lado, a preocupação da Valentina e do próprio Modesto com a delicada situação — uma vez que ambos eram sócios minoritários da Serventia — colocou-os muitas vezes em contato direto, gerando um aprofundamento da velha amizade que ambos cultivavam um pelo outro, sutilmente transformada em algo mais sensível e menos comercial.

Quando Valentina afirmou com segurança que Clóvis lhe dissera que ficaria até mais tarde no gabinete, Modesto decidiu aguardá-lo, dissimulado nas proximidades da saída exclusiva, abordá-lo aparentando tratar-se de uma coincidência, convidá-lo para um café na Casa Godinho e expor tranquilamente a situação.

No entanto, quando a porta de saída do cartório se abriu, quem ele viu saindo não foi o Clóvis, mas, sim, a dra. Marlene, a influente diretora financeira da instituição. Esse fato colocou Modesto numa situação dramática, uma vez que a oposição não seria apenas do Clóvis, mas da dupla mais poderosa do cartório, pois a diretora era a terceira sócia minoritária da Serventia.

Voou para o ponto de ônibus, absolutamente convencido de que manteria segredo e jamais comentaria com ninguém o encontro da doutora saindo do cartório e diria a Valentina que o dr. Clóvis havia saído antes e não teve como conversar com ele. Depois manteria seu relacionamento com Valentina em banho-maria até que as coisas se definissem melhor.

Valentina havia telefonado ao Cartório Valancy para falar com Clóvis a respeito do sumiço da chave do cofre particular do Banco Brasileiro, em que eles depositavam o dinheiro em dólares que haviam economizado e continuavam economizando para financiar os estudos universitários dos três filhos do casal.

Porém, quando a srta. Márcia informou a Valentina que o dr. Clóvis estava muito ocupado naquela tarde em virtude do atraso com o almoço com o dr. Alex Fonseca e, quando acabasse de despachar com a dra. Marlene continuaria no gabinete até mais tarde, colocando seu serviço em dia, e que sairia depois do expediente, pela saída exclusiva da rua Álvares Penteado, ela desistiu de falar com ele.

Valentina sentiu o clima de intriga na voz da srta. Márcia, mas não comentou nada com Modesto, incentivando-o a esperar pelo Clóvis na porta exclusiva. Todavia, manteria em segredo, e jamais comentaria com ninguém que fora Márcia quem informou que Clóvis ficaria até depois do expediente no cartório, uma vez que esse fato poderia provocar sua indisposição com Modesto e complicar o anseio de formar uma parceria íntima com ele.

A srta. Márcia manteria em segredo e não contaria a ninguém que havia dito a Valentina que o dr. Clóvis ficaria no escritório depois do expediente, porque estava arriscando perder seu emprego por se meter em coisas que não lhe diziam respeito.

Nas proximidades do Natal, Alex Fonseca, que estava em Verona a caminho de Milão, lembrou-se de que era por esses dias, de fim da primavera e início de verão, que Clóvis deveria levar os dólares estipulados e embarcar na limusine para uma aventura bizarra. De imediato, sentiu um imenso alívio por não ter comentado, a quem quer que fosse, que fez uma brincadeira estúpida com o amigo no dia em que almoçaram no Terraço Itália. Com certeza levaria esse segredo para o túmulo, uma vez que ele poderia arrumar uma boa encrenca se ocorresse algo de anormal com Clóvis e achassem a fita premonitória que ele havia entregado ao velho amigo.

Na atmosfera fantástica que se estabeleceu no ambiente cartorial, todos os envolvidos eram possuidores de um grande segredo e uma razão maior ainda para guardá-lo indefinidamente.

As duas batidas tradicionais à porta anunciavam a presença de sua diretora financeira, a dra. Marlene Araújo Botelho. O dr. Clóvis acionou o botão por baixo da mesa e liberou a porta para que ela entrasse.

Rejuvenescida e garbosa, Marlene entrou perfumando sutilmente a atmosfera cartorial, colorindo de rosa seu rosto circunspecto e, então, sentou-se elegantemente na cadeira destinada aos visitantes. Entregou o envelope tradicional a Clóvis, que o abriu na sua presença e constatou que havia um papel escrito resumindo o movimento do dia no cartório e nada mais, uma vez que havia terminado o acordo acertado com ele.

— Quero que você saiba que serei eternamente grato pelo trabalho que fez por mim — explicou, cauteloso, lembrando que nunca trocaram palavra alguma a respeito da tarde transcendente em que dividiram intimidades. — Jamais pedirei algo semelhante outra vez. Primeira e última vez em vinte anos. Obrigado!

— É bom que você saiba que se tornou o fiel depositário desses títulos, que estão em suspenso nos lançamentos contábeis — disse, cruzando as pernas maravilhosas. — Atendi o que você solicitou no exercício legal da minha profissão. Não há nada de irregular nisso tudo. Na remota hipótese de ocorrer uma fiscalização implacável, o montante deve estar em poder do sócio majoritário, ou terá que se explicar...

— Entendi! — expressou encarando-a e sentindo um remoto agito no baixo-ventre. — De qualquer jeito... muito obrigado!

— Então tá — expressou, descruzando as pernas e provocando uma "estilingada" com a cinta-meia cinza nos olhos cobiçosos do chefe. — Vou encerrar meu expediente.

— Boa tarde! — exclamou, desviando os olhos para o seu rosto maroto. — Vou terminar o meu serviço no ateliê e vou encerrar também.

Naquela noite, Clóvis foi para casa realmente desvairado; mal conversou com Valentina, não quis se alimentar, deitou-se na cama muito cedo e dormiu quase que de imediato.

Em divagações oníricas, ele sentia-se no centro de um móbile humano de grandes proporções, composto por seis elementos em frágil equilíbrio, representados por ele, no centro do arranjo; Marlene, Modesto, Valentina, Márcia e Alex nas respectivas órbitas, em que a desestabilização de um provocaria o desiquilíbrio de todos os outros.

Todavia, Clóvis se sentia obrigado a cortar as diminutas hastes metálicas que uniam seu corpo aos dos outros elementos do arranjo e portava, para esse fim, uma tesoura dourada alojada num coldre de sua cintura. Ele era o único elemento que a portava.

Em determinado momento, pressionado e ameaçado por um poder superior, sacou a tesoura do coldre, posicionou-a no ponto de corte, ouvindo a vozearia de protesto dos outros elementos, e comprimiu as hastes com as lâminas da tesoura, rompendo-as imediatamente.

Clóvis despertou do pesadelo mirabolante com a respiração exaurida, suando em bicas e com o semblante eriçado, assustando Valentina. Ficou sentado à beira da cama por alguns minutos, pediu para ela separar sua roupa mais requintada e foi tomar banho.

Era o último dia da primavera ou o primeiro dia do verão. Clóvis recebeu sua secretária naturalmente e pediu um lanche da Casa Godinho. Não sairia para almoçar. Depois, foi a vez do dr. Modesto, que trouxe muitas pastas, mas poucas novidades. O cartório estava lotado.

Depois de merendar no tampo do aparador, ele foi para o ateliê e só saiu dali com tudo preparado para a missão. Recebeu, ainda, *en passant*, sua diretora financeira. Ajeitou o chapéu preto na cabeça, enganchou o guarda-chuva no braço esquerdo e foi embora pela porta exclusiva em direção à rua Xavier de Toledo.

Adentrou a Avicultura Medeiros e solicitou ao atendente uma gaiola pequena, tipo chalé de madeira envernizada, com a cobertura móvel e um ninho pequeno com alçapão e grapas para a fixação interna na gaiola. Escolheu um belo canário-belga vermelho e solicitou para colocá-lo dentro do ninho e baixar o alçapão.

Saiu da loja e passou a caminhar, lentamente, junto à guia, com o guarda-chuva enganchado no braço direito e a gaiola levantada, em sua mão esquerda, até a altura do ombro. O número de transeuntes foi diminuindo à medida que se distanciava do centro da cidade. De súbito, uma limusine branca parou ao seu lado, a porta foi aberta, Clóvis embarcou e sentou-se no banco ao lado da entrada, colocou a gaiola no piso do automóvel, a porta se fechou e o carro arrancou de mansinho.

Assim que a limusine passou a transitar em modo contínuo e sem sacolejar, Clóvis tirou o paletó, a gravata-borboleta e o colete, levantou a camisa e retirou a cinta elástica que retinha os pacotinhos. Em seguida, colocou a gaiola no banco, levantou a cobertura e o piso metálico, distribuiu tudo na bandeja inferior e baixou o piso de novo. Finalmente levantou o alçapão do ninho, libertando o canarinho, e travou as coberturas móveis. Colocou a gaiola num canto seguro do piso da limusine e, com os braços dobrados suspensos e as mãos entrelaçadas na nuca, esticou-se no banco macio e confortável.

Clóvis não enxergava nada do lado externo do carro nem na cabine do motorista e mal ouvia algum barulho, mas percebeu que estava sendo monitorado, pois, assim que terminou tudo que havia sido planejado para fazer, o som de uma música clássica se fez ouvir enquanto a intensidade da luminosidade foi se atenuando.

— Clóvis, boa tarde! — cumprimentou uma voz metálica, repleta de chiado. — Eu sou Miguel, o motorista. Vou levá-lo até a Clínica. Você está confortável?

— Sim, sim! — informou Clóvis, olhando para todos os lados, procurando identificar a localização do alto-falante. — Só que não estou vendo nada além de revestimentos pretos. Até parece que estou dentro de um enorme caixão de defunto.

— Questão de segurança — explicou, solícito. — O passarinho está tranquilo?

— Melhor que eu! — comparou, olhando para a gaiola e observando o canarinho pular de um poleiro para o outro. — Só que ainda não soltou nem um pio. Deve estar assustado, como eu.

— Não se apoquente! — aconselhou a voz metálica. — Abra a portinhola à sua frente e você vai encontrar água fresca e, na parte de cima, um comprimido azul que vai fazer você ficar zen até o fim da viagem.

— Quanto tempo até chegarmos? — questionou, abrindo a portinhola e já pegando o copo e enchendo de água fresca.

— Se tivermos sorte, umas três horas — prognosticou Miguel. — Tenho instrução de dirigir devagar. Se você optar por tomar a pílula, avise-me que não vou incomodá-lo.

— Então, boa viagem — desejou Clóvis, com a pílula azul na palma da mão. — Vou ficar zen.

Miguel dirigiu tranquilo pelas curvas da estrada de Santos, sempre vigilante, para evitar que Clóvis percebesse, pelo movimento do carro ou pelo desconforto auricular, que estavam descendo uma serra. Ao cabo de duas horas e meia, a limusine já adentrava a avenida da praia em Santos e, logo depois, a rua Antônio Bento.

A meio caminho do Monte Serrat, antes da grande curva, esterçou à direita, percorreu o pequeno trecho da ruela sem nome até o final, estacionou diante do casarão que encerrava a passagem, aguardou o término da abertura do portão automático e adentrou a ampla garagem. O dr. Clóvis Valancy de Oliveira estava na Clínica clandestina do dr. Leopoldo Calderon.

Alea jacta est

A atmosfera da Clínica extravasava autoconfiança e benfazejo silêncio. Provocou, de imediato, sensação de equilíbrio psicológico e espiritual na mente do dr. Clóvis Valancy. Quando chegaram à garagem e o portão automático foi fechado, Miguel solicitou que Clóvis vestisse o capuz de cetim preto disponível no armarinho frontal e desembarcasse da limusine. Então Clóvis foi conduzido suavemente pelas mãos delicadas, atenciosas e, sem dúvida femininas, de uma criatura que surgiu do nada.

— Bem-vindo, senhor Clóvis — expressou a criatura. — Meu nome é Francisca, mas pode me chamar de Chica. Vou transportá-lo pelo elevador e te acompanhar até o seu aposento. Não se preocupe. Ele é barulhento, mas funciona direitinho. Quando lá chegarmos, tiro o capuz.

— Olá, dona Chica — ele a saudou, ouvindo o barulho da abertura da porta do elevador e, ao mesmo tempo, o gorjear melodioso de múltiplos pássaros nas cercanias. — Prazer em falar contigo. Logo mais devo enxergá-la e conhecê-la de fato.

— Então vamos! — disse, incentivando Clóvis a entrar no elevador.

Desde a abertura da porta do elevador até a retirada do capuz, no interior do aposento, Clóvis caminhou bastante, sugerindo que a distância entre os dois locais não era muito curta. Todavia, a realidade é que Chica, cumprindo uma das regras da Clínica, sempre dá voltas ao léu para confundir a percepção dos clientes.

Chica forneceu o kit de internação e insinuou que ele deveria tomar um bom banho e descansar. Disse ainda que, pela manhã, começariam os preparativos para o procedimento.

O aposento era singelo, sem janelas, porém muito bem iluminado. Havia um armário pequeno, uma mesinha para refeições e uma poltrona reclinável, ao lado da cama hospitalar.

Clóvis seguiu rigorosamente o conselho de Chica: tomou banho, vestiu-se com as roupas encontradas no armário, deitou-se e dormiu quase que imediatamente.

Pela manhã, sentado na poltrona reclinável e ainda sonolento, observava a porta de entrada, ansioso em saber quem adentraria, em primeiro lugar, o que não tardou a acontecer.

— Bom dia, Clóvis — saudou o cliente, abrindo a porta e empurrando uma cadeira de rodas. — Meu nome é Isabel, mas pode me chamar de Isa. Hoje vamos fazer algumas imagens de raio X e colher sangue para enviar ao laboratório.

— Pois não, doutora — acatou o comando, levantando-se e sentando-se na cadeira de rodas.

— Não sou doutora — advertiu Isabel, acomodando-o na cadeira de rodas. — Sou a enfermeira assistente do dr. Leo. Assim que voltarmos, o Elói virá conversar com você.

A conversa entre Clóvis e Elói, diretor administrativo, foi muito promissora. Elói informou que o plano executivo que Clóvis havia escolhido propiciaria um bom acompanhamento pós-cirúrgico durante seis meses, sem necessidade de dinheiro e com o mesmo padrão de vida que estava habituado, e ainda sobraria um excedente para o programa de facilitação do acesso aos serviços, por eles prestados, a clientes com a situação financeira precária. Por fim lhe aconselhou o esforço contínuo de procurar esquecer a vida passada e perguntou se havia ficado alguma pendência relevante, ainda sem solução.

— Escolhi ser pintor artístico — afirmou. — Necessito recuperar todos os quadros incompletos, inclusive os emoldurados, que ficaram no ateliê do meu cartório. Não sei se consigo começar a pintar numa tela branca a partir do zero.

— Isso não é problema para nós — afirmou, com segurança. — Provavelmente você deverá assinar algum documento. Porém não vamos colocar a carroça na frente dos bois. Precisamos aguardar sua fictícia morte e seu reconhecido atestado de óbito.

As árvores iluminadas e coloridas do Natal já dominavam a cidade de Santos havia alguns dias. Na Clínica, a luz branca proveniente do foco central da sala de cirurgia estava acesa, o cliente deitado, anestesiado, e o dr. Leo a postos.

Inseriu no aparelho sonoro uma fita de música clássica — *As Quatro Estações,* de Vivaldi — e iniciou o procedimento.

Com a caneta branca de marcação cirúrgica na mão direita, movimentando, com a esquerda, as imagens do raio X colocadas na bandeja cirúrgica, como se fossem partituras, o dr. Leo mais parecia um maestro regendo uma orquestra filarmônica, riscando o rosto, o pescoço, o tórax e a barriga, para depois cortar, raspar, modelar, costurar e enfaixar o corpo inerte de Clóvis, durante mais de quatro horas.

Enquanto ele aguardava o período de recuperação pós-cirúrgica, descansando no leito hospitalar da Clínica, seus familiares, o público em geral, todos os colaboradores e funcionários do Cartório Valancy tomaram conhecimento do acidente aéreo que calcinou os seis ocupantes do avião de pequeno porte — inclusive Clóvis Valancy de Oliveira Filho — que explodiu na região norte de São Paulo. Entre macambúzio, surpreso, atemorizado e extremamente desconfiado, Alex mandou um telegrama de pesar para Valentina, lamentando a impossibilidade de estar presente no funeral simbólico, em virtude de sua permanência na Europa.

Enfim, chegou o dia da transferência de Clóvis, com a nova aparência, ao local designado à primeira etapa do programa de sociabilização idealizado pela Clínica.

Ele entrou na sala de despacho — recinto de encaminhamento dos clientes ao primeiro estágio de autonomia — vestindo a roupa que lhe foi entregue no quarto: calça esportiva cinza-claro, camisa azul-turquesa com as mangas dobradas até o meio dos braços, cinto marrom-escuro e sapato mocassim azul sem meias.

Sua aparição provocou, de imediato, demonstrações de agrado de Elói, diretor responsável pela sociabilização dos "regenerados" e do dr. Leopoldo, presidente da Clínica e médico responsável pela cirurgia plástica remodeladora do corpo de Clóvis.

— Ora, ora, vejam só! — disse Leo, colocando o braço nos ombros de Clóvis, forçando-o a caminhar junto a ele, até se postarem em frente ao espelho grande da sala. — É ou não é uma obra-prima?

— Realmente ficou muito bom — opinou Clóvis, superenvergonhado.

— Eu me sinto gratificado quando conseguimos um desempenho tão preciso — manifestou-se Leo, afastando-se dele e encaminhando-se para a porta de saída. — Agora é com você, Clóvis. Boa sorte. Aproveite a liberdade penosamente alcançada.

A seguir, os dois ocuparam as cadeiras em torno da mesa redonda no centro da sala e, durante um bom tempo, Clóvis foi minuciosamente esclarecido acerca das principais particularidades da transferência e acomodação em sua primeira residência provisória. Tomou conhecimento de que sua profissão oficial, no novo endereço, seria pintor de quadros, e que seu contrato lhe permitiria ocupar um imóvel com localização privilegiada, abastecido com tudo de que ele estava acostumado a dispor e auxiliado por uma fiel servidora, responsável por sua alimentação e bem-estar. Recebeu novos documentos de identidade, com o nome Benjamim Fernandes, e as chaves da casa número vinte e um, da rua de Cima, localizada no Vilarejo Boaventura.

— Muito bem! — expressou Elói, ao pressentir que a finalidade do rápido colóquio instrutivo já havia alcançado o objetivo. — Alguma pergunta específica?

— Todos os residentes do vilarejo passaram pelo mesmo procedimento que eu? — perguntou, curioso.

— De jeito nenhum — negou, com veemência. — Você não pertencerá a nenhuma irmandade. No Vilarejo Boaventura, você encontrará um arquétipo de uma sociedade constituída, com suas diversidades, que você enfrentará de forma ampliada quando encerrar o processo. Em torno de vinte e cinco por cento dos homens foram "regenerados" como você e, nessa primeira etapa, ocupam sozinhos as casas a eles destinadas. Algumas são ocupadas por solteirões ou viúvos aposentados. As demais são habitadas por famílias tradicionais.

— E as mulheres "regeneradas"? — perguntou Benjamim, mais curioso ainda.

— A Clínica não aceita clientes do sexo feminino — disse o diretor, esclarecendo. — As mulheres que você encontrar zanzando por ali são parentes das famílias que residem na comunidade ou são aventureiras à procura de um divorciado ou viúvo milionário. De qualquer forma, é bom ficar atento, principalmente nos primeiros dias de residente.

— Por quê? — perguntou.

— Nós fazemos um acompanhamento discreto, por nossos colaboradores, aos clientes domiciliados, no sentido de impedir eventuais conflitos entre si; entretanto, temos pouca ou nenhuma influência no comportamento e intenção dos outros moradores e visitantes da comunidade — explicou, pacientemente. — De qualquer forma, você terá a companhia diária de Samara, escudeira atenta, pelo tempo que você permanecer na região.

— Está certo! — disse, seguro de que, se alguma dúvida ainda permanecesse, seria esclarecida por Samara.

Assim, os dois caminharam pela enorme sala de despacho, na direção do armário, muito antigo, repleto de livros perfeitamente alinhados em suas inúmeras estantes. Elói pegou um saquinho de pano do balcão, retirou um capuz de cetim preto e o entregou a Benjamim.

— Só até você embarcar no automóvel — disse Elói, com um sorriso maquiavélico. — Assim que o motorista fechar a porta, pode retirá-lo. Você não vai se incomodar com isso, não é mesmo?

— Miséria pouca é bobagem — respondeu, colocando o capuz na cabeça. — Só não quero despentear meu cabelo.

A um comando de Elói, um setor inteiro do armário rotacionou em torno de seu eixo central, expondo o elevador secreto, que a Clínica utilizava para fins extraordinários. Os dois ingressaram em silêncio, e o elevador foi acionado para levá-los até a garagem do edifício.

Miguel, o motorista da limusine, encontrava-se posicionado ao lado da porta traseira aberta e com a mão na maçaneta. Com a sua assistência, Benjamim embarcou em segurança e foi acomodado no banco lateral. A porta foi fechada, Miguel trocou umas poucas palavras com Elói, embarcou também e o automóvel deixou o prédio pela porta automática que completava seu giro de abertura. Benjamim retirou o capuz de sua cabeça. Não viu nada além do couro das poltronas, do revestimento de tecido escuro das laterais e do vidro opaco que separava o interior da parte frontal do automóvel.

— Espero que você faça uma boa viagem — disse o motorista, com a voz metálica repleta de microfonia. — Meu nome é Miguel e estou à sua disposição para torná-la o mais confortável possível.

— Agora tudo depende só de mim — murmurou consigo mesmo depois de um profundo e expectante suspiro.

Durante a longa viagem, Benjamim não teria como enxergar o ambiente externo da limusine nem o semblante do motorista, entretanto poderiam conversar.

— Vamos viajar por quanto tempo? — perguntou, mais para iniciar um bate-papo.

— Nosso tempo estimado até seu local de desembarque é de mais ou menos quatro horas — respondeu. — Isso se não pegarmos tráfego na saída da cidade.

— Você vai me deixar onde?

— Você vai desembarcar num ponto de ônibus, bem próximo à entrada do condomínio — respondeu, solícito. — A partir desse momento, você estará por conta própria, ou seja, sem ajuda direta de ninguém até encontrar e assumir sua residência.

— Por que num ponto de ônibus — questionou —, se já estaremos perto do condomínio?

— Questão de segurança — esclareceu. — É o local mais próximo com um recuo avantajado da pista. Estaremos na parte mais elevada de uma colina, de onde você enxergará todo o vilarejo e grande extensão do lago. A vista é excepcional.

— Daí em diante vou a pé?

— Sim — respondeu. — Você pode escolher entre dois caminhos bem diferentes: descer a trilha íngreme que inicia no patamar em que se encontra o ponto de ônibus, acessar a primeira pracinha e caminhar até o final da rua de Cima, na qual você encontrará sua residência, ou descer pela rodovia mais quinhentos metros até o acesso principal do vilarejo, passar pela guarita de fiscalização, seguir adiante até a rotatória principal e acessar o início da mesma rua de Cima. Depende de seu físico e estado de espírito. Aventura ou segurança.

O papo-furado embalou Benjamim a desfrutar um soninho agradável e profundo, de tal maneira que só acordou quando sentiu o carro desviar abruptamente para a direita e estacionar.

Em seguida, ouviu novamente a voz metálica de Miguel avisando que a viagem havia terminado.

Benjamim saiu do carro, sentou-se no banco do ponto de ônibus e aguardou a limusine esterçar à esquerda e sumir na curva. Daí, pôs-se de pé e caminhou até a beirada do platô.

"A morte do caixeiro viajante"

No meio da floresta verdejante, Benjamim viu ao longe um aconchegante vilarejo encrustado numa clareira em declive, que se estendia até as margens de um imenso lago de águas límpidas, espelhando o céu azul forrado de diminutas nuvens de várias formas e cores. A poucos passos de distância, ele observou o início da trilha estreita e sinuosa — que serpenteava junto à borda inclinada da floresta e tangenciava três pracinhas circulares em desnível, onde desembocavam as ruas sem saída do vilarejo — até extinguir-se nas cercanias à margem do lago.

Após realizar uma rápida contagem, quarenta residências aproximadamente, ele deduziu que conviveria, segundo o que prognosticou Elói (vinte e cinco por cento), com dez residentes masculinos solitários, que passaram pelo mesmo procedimento que ele.

Decidido a não se meter em aventuras logo de cara, ele ignorou a ideia de descer pela trilha. Decidiu pelo caminho mais longo e iniciou a caminhada em declive até o acesso principal ao vilarejo e, simbolicamente, à retomada de sua vida interrompida.

À medida que caminhava na descida, a floresta sobrepujava o vilarejo cada vez mais até que ele sumiu totalmente das vistas, e o passeio, pelo acostamento da rodovia, tornou-se árido e sem encanto.

Porém, assim que chegou à bifurcação, o acolhedor vilarejo ganhou, sob ângulo raso, uma visão bela e elegante. Ele passou regozijado ao largo da portaria da administração e ficou feliz quando o zelador o saudou em voz alta, pelo nome: "Boas-vindas, sr. Benjamim Fernandes".

Ele reagiu com um sorriso tímido, seguiu até a rotunda, virou à direita e, na primeira saída, chegou ao início da rua de Cima de onde avistou a lateral da sua residência provisória: a primeira, no lado esquerdo, a qual mais parecia um mirante de tão bem localizada que se encontrava. E havia um terraço no andar superior dirigido para o lago. Algumas passadas mais no trecho íngreme e Benjamim, com o coração aos pulos, estava diante da casa número vinte e um.

Ele nem teve tempo de retirar a chave do bolso. Assim que subiu o primeiro dos três degraus, ao vestíbulo social da residência, a porta se abriu e, debaixo do batente, materializou-se a figura de Samara, sua fiel servidora pelo tempo em que permanecesse no vilarejo. Uma mulher quarentona com fisionomia firme, olhos de lince, estatura mediana, nem gorda nem magra, cabelos loiros médios cacheados, vestindo uma blusa azul de mangas curtas, saia justa azul um pouco mais escuro e avental branco com bolso frontal.

— Espero que a caminhada pela rodovia não o tenha deixado muito cansado — disse, enquanto escancarava a porta para Benjamim entrar. — Eu notei que você ficou reticente em descer pela trilha. Não se assuste. Eu não o estava vigiando. É que da janela do quarto dos fundos eu enxergo o patamar do ponto de ônibus lá em cima e, pelo horário, só poderia ser você!

— Prazer em conhecê-la, Samara — disse. — Elói fez uma descrição tão minuciosa a seu respeito que a impressão que me causou ao vê-la foi a de que eu já a conhecia há muito tempo. Você tem razão. Realmente fiquei muito próximo em ceder à tentação de me aventurar pela trilha, sobretudo por ser um viajante sem malas. Mas prevaleceu o bom senso.

A seguir, Samara converteu-se numa competente guia domiciliar e apresentou a moradia ao inquilino recém-chegado com riqueza de detalhes: garagem, sala de estar, copa integrada à cozinha por uma abertura com balcão de madeira, lavabo e escadaria. No pavimento superior, ela mostrou a suíte principal com banheiro e uma pequena, mas bem localizada, varanda com visão panorâmica privilegiada, hall de distribuição, banheiro social e quarto de hóspedes convertido em ateliê de pintura.

Benjamim reparou que o armário da suíte, com as portas abertas, exibia muitas roupas, algumas das quais utilizadas por ele na Clínica. Notou também que o quarto/ateliê continha telas enroladas, cavaletes e, principalmente, as dez paisagens imaginárias com molduras, apoiadas numa das paredes do aposento. Sobre a mesinha, num dos cantos, estojos de tinta aquarela, pincéis e lápis com grafite macio, ou seja, tudo o que ele havia deixado na sala de pintura integrada ao seu gabinete de trabalho, no cartório.

— Como isso tudo chegou aqui? — questionou.

— Benjamim! — repreendeu Samara, com fisionomia de professora primária. — A curiosidade matou o gato, sabia?

— Eu sou um gato? — indagou, brincando.

— Um homem charmoso — afirmou, piscando o olho.

— E um pintor no auge da carreira — exclamou, retribuindo a piscadela. — Agora vou descobrir onde fica a adega.

— Pronto! — declarou Samara, abrindo os dois braços a comemorar suas palavras. — Você acabou de descobrir, sozinho, que no Vilarejo Boaventura as perguntas são indesejadas e que você é um pintor renomado. Meus parabéns.

Benjamim desceu a escadaria aliviado por não ter falado demais e de ter se lembrado, a tempo, das instruções minuciosamente detalhadas por Elói no momento do despacho da Clínica.

Então ele foi ao único lugar ainda não explorado da casa e descobriu, por trás de uma portinhola embaixo da escada, o local perfeito para a localização de uma adega: pouca luz e temperatura equilibrada. Notou que uma das paredes da adega improvisada era revestida de elementos vazados cerâmicos, ideais para acondicionar as garrafas de vinho na posição adequada. Então ele retirou e recolocou algumas e certificou-se de que eram das mesmas marcas que ele mantinha em sua antiga residência e gabinete de trabalho. Pegou uma garrafa de Sauvignon Blanc, saiu da adega, fechou cuidadosamente a portinhola pesada e, entusiasmado, colocou a garrafa sobre o balcão de madeira que separava a sala da cozinha, na qual Samara preparava sua primeira refeição na residência.

Sentindo-se acolhido e aliviado, depois de tantas emoções vividas em tão pouco tempo, Benjamim subiu ao seu quarto, tomou uma ducha prolongada, vestiu-se com roupas caseiras e voltou ao térreo.

A seguir, sentou-se sozinho à pequena mesa da copa, depois da recusa de Samara em compartilhar a refeição com ele, e degustou vorazmente a macarronada com molho branco harmonizada por uma taça de vinho branco.

Os primeiros dias de "regenerado" foram animados por inéditas e incógnitas sensações: observar o pôr do sol, deslumbrante, sobre o morro do Cavalo, do outro lado do lago, apoiado no parapeito da varanda; o nascer do sol, sentado em um dos bancos ao redor do lago; sentir a grama umedecida pelo orvalho matutino nos pés descalços; caminhar, sem destino, pelas ruas do vilarejo, saudando aleatórios moradores de modo reservado; desfrutar intensamente o silêncio matutino ao despertar; deleitar-se com as apetitosas refeições diárias preparadas por Samara; enfim, embriagar-se com o aroma marcante da tentadora adega debaixo da escada.

No primeiro domingo da estada de Benjamim no vilarejo, Samara chegou perto do balcão da sala ao lado da cozinha onde, do outro lado, ele servia-se da refeição matutina. Ao perceber sua intenção de lhe dizer alguma coisa, ele saiu na frente e murmurou: "Estou morrendo de curiosidade!".

— Está na hora de mostrar a cara — disse, sem conseguir dissimular o susto que ela tomou. — Pegue o cavalete e a tela, finque à margem do lago e comece logo a pintar. Hoje há muitos moradores aproveitando o sol da manhã e será espontâneo o jeito de conhecer alguém. A comunidade é muito pequena, e o isolamento prolongado de uns aguça demais a curiosidade de outros e isso não é bom para ninguém.

— Eu sabia que você abordaria esse assunto — admitiu, contraindo o rosto numa expressão de resignação. — Estava a pleno vapor para consolidar um estado de solitude maravilhoso. É bom demais! Mas não é isso que viemos fazer aqui, não é verdade?

— Chega de conversa mole, Benjamim — retrucou, com as mãos na cintura e a fisionomia carrancuda. — Ação é a palavra mágica.

Assim, ele subiu correndo a escadaria, escolheu aleatoriamente uma das pinturas emolduradas, retirou cuidadosamente a cartolina de proteção traseira, desafixou o título ao portador e o escondeu numa das gavetas do armário, parabenizando-se pela acertada decisão.

Em seguida, vestiu uma roupa de pintor, com chapéu, avental e tudo mais e saiu de casa com a alça do cavalete pendurada no ombro esquerdo e com a maleta dos materiais de pintura na mão direita.

Ao se aproximar do acesso à rotunda, avistou a intensa movimentação de pessoas ao longo da margem do lago e sentiu-se como um universitário no primeiro dia de aula.

Nessa primeira vez, acomodou-se discretamente à sombra de uma árvore, ao lado esquerdo da margem do lago e perto do desemboque da trilha da floresta, a qual iniciava lá em cima, no seguinte ponto de ônibus, logo após a entrada do condomínio.

Quando ele regulava os pés do cavalete telescópico na relva baixa do lugar, notou a aproximação de um casal, o qual reconheceu como os vizinhos da casa vinte e cinco, da mesma rua onde morava.

Eles se apresentaram como Arthur e Úrsula Cardoso e, em poucos minutos, Arthur relatou que era um dos moradores mais antigos do vilarejo, que Benjamim era o terceiro pintor que ele conhecera ali; que podia contar com eles em caso de necessidade e ainda fez questão de levá-lo, um pouco mais acima, para apresentá-lo a outro casal antigo do vilarejo, Heitor Garcia e Elvira, os quais relaxavam sob a armação de um guarda-sol. Só então Benjamim voltou ao seu lugar, instalou a tela no cavalete e começou a pintar.

O sol estava a pino quando o barracão da churrasqueira, sem paredes laterais, situado a poucos metros atrás do lugar em que ocupava, começou a receber moradores que se sentavam às mesas com seus farnéis, para o piquenique dominical.

Quando ele virou o pescoço para enxergar o furdunço no local da confraternização, avistou Samara vindo em sua direção, balançando a cesta de vime, que ele havia visto em cima do balcão da cozinha, numa das mãos e, com a outra, pressionando uma garrafa de vinho contra o peito.

Ele se ergueu para recepcioná-la e avistou pelo rabo do olho vários grupos de pessoas conversando, inclusive um grupo de pretos que chamou a sua atenção. Era formado por um casal, uma criança e uma mulher, a qual destacava-se em relação aos demais pela altura avantajada, pela cor da pele negra retinta, pelos cabelos curtos em harmonia com seu corpo esguio, pela delicadeza de seus traços naturais e pela silhueta elegante, nada parecida com as imagens das pretas desengonçadas, peitudas, feias e bundudas, retidas na sua memória.

— Samara! — exclamou, assim que ela colocou a cesta no assento do banco de jardim próximo. — Você está me deixando envergonhado. Vão pensar que sou um pintor cheio de frescura.

— É apenas um aperitivo — justificou, enquanto também dava uma esquadrinhada nas cercanias. — Eu trouxe a petisqueira com azeitonas pretas e queijo parmesão, duas taças de cristal e o vinho que sobrou do jantar de ontem.

— Duas taças? — perguntou.

— Só por precaução — respondeu, ao forrar uma faixa da parte central do banco com um guardanapo grande e acomodar a petisqueira, as taças e a garrafa de vinho em cima. — E se quebrar uma? Ou aparecer alguém para o saudar?

— Achei que você, finalmente, aceitaria compartilhar uma taça de vinho comigo — conjecturou desatento, dirigindo o olhar ao local onde se encontrava o grupo de pretos.

— Eu tenho mais o que fazer, Benjamim — respondeu. — Vou servir o almoço em uma hora e meia.

Assim que Samara foi embora, balançando a cesta de vime vazia, Benjamim voltou o olhar para a região em que os grupos se encontravam e notou que, no grupo dos pretos, a mulher alta de silhueta elegante não estava mais presente. Então, sentou-se à borda do banco, serviu-se de vinho numa das taças e passou a mirar intensamente o lago, ao mesmo tempo que emoções incompatíveis entre si empossavam, de modo súbito e inesperado, o berço de sua afetividade interrompida.

Benjamim estava tão ensimesmado, que levou um susto quando outra mulher, loira de cabelos compridos em rabo de cavalo, vestindo uma saia curta amarela com bolinhas pretas, surgiu do nada, sozinha, e sentou-se na outra borda do banco.

— Você não devia deixar a taça vazia de cristal exposta ao sol — disse, extrovertida.

— Eu estava justamente aguardando sua companhia. — Benjamim galhofou, saindo do retiro espiritual em que se encontrava e alcançando a garrafa de vinho para servi-la.

— Eu soube da chegada de um famoso pintor aqui no vilarejo — gracejou, alcançando a taça. — Só não me disseram que era tão sofisticado.

— Nem famoso, nem sofisticado — apressou-se a dizer. — Apenas brindando meu primeiro dia de pintura ao ar livre, à beira de um lago esplendoroso e na companhia de uma estranha.

— A estranha se chama Joana — esclareceu, levantando sua taça para o brinde. — E sei que seu nome é Benjamim Fernandes.

Depois de brindarem a estreia, tocando os bojos de suas taças de cristal, eles passaram a conversar sobre trivialidades. Argumentaram sobre o estilo de pintura adotado por Benjamim, a beleza da floresta nativa em torno do vilarejo, o privilégio de residirem de frente para um lago tão vistoso, o passeio deslumbrante pela trilha da floresta, a escalada aventurosa pela trilha do morro e, enfim, a qualidade de vida desfrutada por residirem num lugar tão deslumbrante.

Benjamim já começara a se preocupar com o horário do almoço, quando Joana o surpreendeu com informações pessoais, não muito adequadas para o momento.

— Eu moro na última casa da rua do Lago; e você, na primeira casa da rua de Cima — afirmou, de maneira aérea. — Não é possível que isso não seja um sinal. Afinal, os extremos não se atraem?

— Hein? — retrucou.

— Jorge, meu marido, é caixeiro viajante e não temos filhos — seguiu afirmando, mais aérea ainda.

— Joana! — protestou, interrompendo o relato e olhando em direção à sua casa e aquietando-se ao ver Samara atravessando a rotatória, com a cesta vazia, para apanhar o que sobrou do aperitivo. — Você não precisa me contar essas coisas.

— Uma semana com Jorge em casa, e um mês, ou mais, com Jorge viajando — reprisou, com a voz lamentosa, ignorando a sugestão de Benjamim.

— Pois é! — concordou, resignado.

— Já pensou se eu não puder ter os meus próprios amigos? — continuou divagando.

— Bem, Joana...

— Eu tomo banho às seis da tarde — declarou, erguendo-se, segundos antes de Samara chegar. — Às sete horas, eu já estou bem-disposta, fresquinha e perfumada. Passe por lá!

Joana tomou o último golinho de vinho e entregou a taça diretamente a Samara, que passou a recolher o que sobrou do antepasto, após cumprimentá-la com flagrante desdém.

A seguir, Joana fez uma mesura debochada e foi-se embora, rebolando os quadris com intencional exagero. Benjamim começou a desmontar o cavalete e acomodar o material de pintura na maleta, com a mente sendo bombardeada com a fala do Elói em relação às mulheres do vilarejo, no dia do despacho: "É bom ficar atento, principalmente nos primeiros dias de residente".

Benjamim decidiu ficar recolhido em sua casa por alguns dias, esboçando novas telas do tema paisagens imaginárias e colocando em banho-maria as temáticas femininas que o estavam azucrinando: a atitude intempestiva de Joana, a apatia de Samara em relação ao ocorrido e o paradeiro da princesa núbia, como ele havia apelidado, de si para si, a mulher alta do grupo dos pretos.

Não obstante a dedicação, a competência e o rigor na prestação de seus serviços domésticos, Samara deixou bem clara sua discreta isenção em assuntos pessoais dele, como aconteceu no caso da saia justa que foi obrigado a suportar no episódio com a Joana.

Sentindo-se restabelecido dos recentes desacertos e animado com o expectável e colorido pôr do sol, Benjamim desceu até a área de lazer do vilarejo, munido da maleta de pintura, de seu cavalete e de uma das paisagens imaginárias, sem cores e sem o título ao portador no avesso.

Acomodou-se no mesmo local que havia ocupado no domingo passado, nas proximidades do desemboque da trilha da floresta. Observou um casal de jovens deitados, lado a lado, em cima de uma toalha colorida estendida no chão e, logo atrás, surpreendentemente, a desaparecida princesa núbia, sentada de pernas cruzadas numa cadeira dobrável de lona, dedicando-se a escrever num caderno grosso, apoiado sobre o joelho.

Ele conseguiu notar que ela vestia, com elegância, uma blusa verde de mangas compridas e com estampa floral, calça azul-clara folgada e sandálias cor-de-rosa com salto baixo.

Durante a montagem do cavalete, do encaixe da tela e da acomodação dos apetrechos de pintura, Benjamim dirigiu o olhar várias vezes em sua direção e, da mesma forma, recebeu olhares de esguelha a cada virada de página. Ficou em total estado de alerta. Os retalhos de sorrisos dissimulados, de parte a parte, o chamego nada discreto do casalzinho e o pôr do sol repleto de magia e cores criaram um ambiente utópico carregado de sensualidade.

Benjamim percebeu isso e, como se quisesse perpetuar o momento mágico e não houvesse um minuto a perder, passou a transferir as inigualáveis cores do crepúsculo à tela com pinceladas curtas e rápidas, até que o sol desapareceu por trás do topo do morro do Cavalo, minguando a sublime exibição.

Ele estava tão compenetrado, que só percebeu a presença da mulher no momento em que ela já se encontrava imediatamente atrás do cavalete de pintura, levando consigo a cadeira desmontada e o caderno fechado. Ato contínuo, ela proferiu com a voz sexy e enigmática: — *O wo ala-ile o si ya miiran.*

— Hein? — exclamou aturdido, olhando para trás e dando de cara com ela, bem à sua frente.

— Você olha para uma paisagem e pinta outra! — disse, abrindo um sorriso espontâneo. — Foi o que falei num dialeto africano e traduzi para você compreender.

— É mesmo? — perguntou, mais aturdido ainda.

— Que você se chama Benjamim e é pintor, eu já sei — continuou dizendo, sem apagar o sorriso. — O que eu não sabia é que você também é tradutor.

— Como assim? — indagou, procurando colocar seu coração no devido lugar do peito.

— Eu sou tradutora de dialetos da família nigero-congolesa — disse, elucidativa. — E, pelo que eu testemunhei agora mesmo, você é um tradutor de paisagens.

— Uau! — expressou, desafogado. — É a primeira vez que ouço essa leitura de meu trabalho.

— Como você faz? — perguntou, demonstrando real interesse.

— Eu imagino e esboço a paisagem, trancado no meu ateliê e com as janelas fechadas — explicou, retornando aos poucos à realidade após um longo passeio no mundo da fantasia. — Depois eu pinto na tela as cores que consigo colher da natureza.

— Gostei — expressou. — Você me mostra o quadro quando ficar pronto?

— Mostro, sim — respondeu, recolhendo e colocando os pincéis no pote de solvente. — Qual é o nome de minha crítica de arte?

— Zuri — respondeu, fazendo um aceno de despedida. — Até de repente.

— Até amanhã! — respondeu, mostrando as mãos manchadas de tinta de modo a justificar por que não a estendeu para despedir-se, sentindo o ar impregnado de aromas de jasmim e pêssego emanados do corpo de Zuri, em início de movimento. — Isto é, se você voltar para olhar a pintura finalizada e aceitar tomar uma taça de vinho comigo.

— Você é bem apressado — avaliou, observando-o por sobre os ombros. — Mas eu estou curiosa demais para não aceitar esse convite.

— A meu respeito? — perguntou Benjamim.

— A respeito da paisagem imaginária — respondeu Zuri.

Os encontros fortuitos se repetiram outras vezes, cada qual com a tendência peculiar de estimular o outro, até se tornarem constantes.

Os fins de tarde, na companhia de Zuri, estimularam Benjamim a reconhecer que se encontrava em vias de ingressar num mundo inimaginável até o presente momento, ligando-o a pessoas que jamais encontraria no mundo conhecido.

As sessões conjuntas de pintura e tradução nos fins de tarde, regadas a vinho rosê francês Manon Côtes de Provence e cubinhos de queijos frescos, levaram os dois vizinhos a se tornarem cada vez mais próximos.

Assim, quando Ben — apelido sugerido por Zuri — convidou-a para conhecer a trilha da floresta, ela se animou na mesma hora.

Ben encontrou-a na manhã seguinte, perto da rotatória principal do condomínio, no momento em que os primeiros raios solares despontavam entre os recortes de rocha, no topo do morro Pelado, iluminando-os com um leque de fachos luminosos.

Ele seguiu acompanhado por Zuri em direção à saída do condomínio, transpôs a portaria da administração, saudado efusivamente pelo zelador, e prosseguiu até o acesso principal do vilarejo, o mesmo por onde havia ingressado no dia de sua vinda. Olhou à esquerda e viu o longínquo ponto do ônibus de sua chegada, experienciando uma sensação de desafogo no seu coração agradecido. Então, virou-se à direita e, seguido por Zuri, iniciou a caminhada em declive pelo acostamento da rodovia, até o ponto de ônibus seguinte em que se principiava a trilha da floresta.

A vista, pelo platô no qual situava-se o ponto do ônibus, permitiu-se contemplar o vilarejo de um patamar mais baixo, em que era possível distinguir as casas, as ruas e suas pracinhas de retorno junto à beira da floresta, além da área de lazer e grande parte do lago.

— Olha só, Ben — admirou-se. — A casinha verde, isolada, lá em cima à esquerda é onde eu moro. A mais alta de todas. Estou notando que, com um binóculo, dá para enxergar-me dançando na sala. E a sua, qual é?

— Você dança na sala com quem? — perguntou.

— Sozinha! — respondeu. — Nas ocasiões em que escrevo muito tempo seguido, preciso me movimentar um pouco pra não ficar com cãibra nas pernas e resolvi esse problema dançando.

— Você tem alguma preferência musical ou só liga o rádio e sai dançando? — perguntou.

— Eu tenho uma rádio-vitrola e coloco discos do Elvis — explicou, divertida. — Mas eu gosto mesmo é das músicas antigas dos Beatles. Eu delirava quando dançava "A Hard Day's Night". Só que, hoje em dia, é difícil encontrar o disco. Mas, afinal, qual é a sua casa?

— É a primeira, amarela, na mesma rua em que você mora — explicou, com o braço direito estendido em direção à casa. — É, sem nenhuma dúvida, a mais bonita.

— Pintor enjoado! — ralhou, equilibrando-se no chão de pedras, com a mão no ombro de Ben. — Vou gritar para todos escutarem.

— Quero ver se você tem coragem — desafiou, cruzando os braços na altura do peito.

— Ah, você não me conhece — afirmou, apertando mais o ombro dele e soltando a voz. — Benjamim é um pintor enjoado, do, do, do...!!!

— Uau! — exclamou, ouvindo o ecoar do grito de Zuri reverberando na encosta do morro do Cavalo. — Você quer me matar de vergonha?

— Então não duvide mais de mim — ameaçou, brincando. — Vamos começar a descer?

A primeira parte da trilha, da estrada até a rotatória principal do vilarejo, era muito irregular, e os dois desceram em silêncio e apoiando-se mutuamente até que, a partir de um determinado local, já caminhavam de mãos dadas. A segunda, todavia, era quase plana e muito arborizada. O matagal cobria uma boa parte da trilha, na qual se escutavam as passadas cuidadosas do casal no leito de folhas secas, o rastejar de alguns bichos reptantes e o gorjear múltiplo dos pássaros. Tudo sob resquícios do céu azul entre as copas das pequenas árvores.

Essa escondedura sob resquícios do céu azul manifestando-se entre as copas das pequenas árvores, aliada ao cheiro da mata orvalhada, fez com que eles parassem ao mesmo tempo, girassem seus corpos um em frente ao outro, e se beijassem com surpreendente naturalidade.

Na desembocadura da trilha, com os olhos ardentes visualizando a área de lazer do vilarejo, em que felizes moradores praticavam atividades lúbricas na grama ou à beira do lago, Benjamim segurou nos ombros de Zuri, encarando-a com intenso regozijo.

— Hoje a conheci um pouquinho mais — declarou, satisfeito. — Não imaginei que você fosse tão corajosa. A montanha tremeu com seu grito.

— Corajosa uma ova — discordou. — Havia algo para eu gritar genuinamente revelador, entalado na minha garganta menosprezada há muito tempo, o qual chacoalharia as casas do vilarejo, reverberaria nas duas montanhas do vale e encresparia as águas plácidas do lago.

— Nossa! — reagiu, na dúvida se o que ouviu foi verdadeiro ou uma brincadeira esquisita. — O que você gritaria?

— *Emi kii se obinrin!* — revelou, sem conseguir conter as lágrimas que irrompiam seu rosto pálido. — *Emi kii se obinrin*, meu amor!

— Traduz pra mim — implorou, sentindo a velha sensação de estar com uma bomba prestes a explodir em suas mãos. — Por favor!

Zuri desviou o olhar do rosto de Benjamim e o dirigiu para baixo. Com os braços pendentes, juntou suas mãos, entrelaçando os dedos, e deu um longo suspiro. Mas sua voz congelou na garganta.

Como numa premonição de sua fala raivosa, testemunhou dezenas de moradores correndo ao mesmo tempo, gritando sem parar, em direção ao lago. Dirigiu seu olhar súplice a Benjamim, que titubeou, mas se viu obrigado a fazer o mesmo e se deslocou velozmente em direção ao local do furdunço à margem do lago, para ver o que estava acontecendo.

Joana estava ajoelhada diante do corpo estendido de Jorge na relva. Ele havia se afogado. Ao retornar ao local em que se encontrava minutos atrás, certificou-se de que Zuri havia desaparecido.

"Chorou, chorou... até ficar com dó de si"

O luto por causa do falecimento de Jorge persistiu por dez dias, e os moradores, inclusive Benjamim, recolheram-se às suas casas ou caminhavam ao léu pelo gramado, evitando as margens do lago, onde ocorreu o acidente. Desde a tarde profética, Benjamim e Zuri não se encontraram mais.

Quando Samara avisou que ia até a freguesia de Boaventura comprar mantimentos, Benjamim pediu para ir junto. Precisava espairecer depois de tanta desgraceira e reencontrar o prazer de continuar pintando.

Ele abriu a porta e sentou-se no banco do carona do fusca novinho em folha de Samara, que dobrou o encosto de seu assento, colocou as sacolas para trazer os mantimentos na parte traseira, também se acomodou e deu a partida no motor do veículo.

Desceu o pequeno trecho da rua de Cima, contornou a rotatória, seguiu em frente na quarta saída, passou pela portaria e dobrou à direita no acesso do vilarejo. Benjamim esforçou-se para não dar nenhum palpite nem fazer pergunta alguma, mas quando passaram ao largo de uma edificação com uma cor avermelhada que exibia uma placa onde estava escrito Status, ele perguntou, só para a arreliar.

— O que é isso?

— Um puteiro, Benjamim — respondeu, galhofeira. — Não aguentou ficar tanto tempo sem perguntar nada? Está bem! A freguesia está localizada a vinte e cinco quilômetros do vilarejo e dá para ir de ônibus. Para o puteiro, são três paradas.

Samara o deixou na praça do Chafariz e avisou que, dentro de uma hora, voltaria para encontrá-lo.

Sem perder tempo, procurou e encontrou a agência da Caixa Econômica Federal de Boaventura, na qual descontou um dos títulos ao portador de menor valor e alugou um cofre particular em que depositou os outros nove. A seguir, entrou na loja Discobertas e achou o vinil dos Beatles que continha a música "A Hard Day's Night". Finalmente comprou o perfume francês Chanel nº 5 numa botica clandestina, pertinho da praça do Chafariz, colocou o embrulhinho dentro da sacola da loja de discos e passou a esperar por Samara.

Ela estacionou o fusca nas proximidades do lugar em que Benjamim se encontrava. Ele dobrou o encosto com estardalhaço e colocou a enorme sacola da loja de vinil no banco de trás. Acomodou-se no assento do carona, observando que Samara não demonstrou nenhum traço de curiosidade ou desejo de indagação a respeito do que ele havia feito na freguesia.

Assim, Benjamim certificou-se de que ela não se envolve e não se envolverá em nenhum assunto que não lhe diga respeito e compreendeu, definitivamente, o que ela quis dizer com o dito popular "A curiosidade matou o gato", logo que chegou ao vilarejo.

O tempo esteve chuvoso por alguns dias e Benjamim ficou enfurnado em seu quarto ou no ateliê tentando, sem sucesso, elaborar uma nova paisagem imaginária observando a sacola da loja

Discobertas, inerte como ele e sentindo o coração pulsando forte de saudade e curiosidade a respeito de Zuri.

Naquele fim de tarde, entretanto, observou de sua varanda o início do pôr do sol por cima do morro do Cavalo, prometendo uma visão espetacular, sobretudo quando avistado das casinhas da rua de Cima, como a dele e a de Zuri.

Aproveitando a ausência de Samara, ele saiu sorrateiramente de sua casa com os presentes no interior da sacola da loja Discobertas. Assim que Ben acessou o patamar externo de sua casa e fechou a porta, seu coração deu os primeiros sinais oriundos da atitude ousada que ele estava pondo em prática a partir daquele instante: realizar uma visita surpresa a Zuri.

Antes mesmo de completar a descida dos três degraus que o distanciavam da calçada, já sentia o coração acelerado, a boca seca e um inusitado aperto forte no coração.

Respirou profundamente, como tantas vezes havia feito em momentos ansiosos e iniciou a caminhada ruela acima, animando-se por encontrá-la devoluta e parcialmente coberta pela sombra das árvores, projetada pelo declínio expressivo do sol poente.

Entretanto, quando ele passou em frente ao primeiro sobrado, percebeu a movimentação intensa por detrás das cortinas fechadas. Notou também que, à medida que subia o leve aclive e se aproximava da curva suave à esquerda, todos os moradores das casas que se sucediam adotavam a mesma atitude de cerrar as cortinas e espiar por detrás.

Quando Benjamim avistou a casa da Zuri, isolada, ao lado esquerdo da ruela, logo depois da curva, a sua desejável tranquilidade já havia sido sutilmente corrompida. Sentia gotículas de suor deslizarem pelos sulcos de sua testa, as mãos tornarem-se úmidas e frias e a sequidão alojar-se nos gorgomilos.

Subiu os degraus da entrada principal, parou no patamar à frente da porta social e, pela transparência da cortina rendada da janela lateral, enxergou Zuri *a la vontê*, sentada na poltrona da sala de visitas, descalça e com as pernas cruzadas, folheando uma revista.

Com todo o zelo para não a assustar, Benjamim esquivou-se de tocar a campainha. Optou por dar três singelas batidinhas na vidraça. Assistiu quando Zuri descruzou as pernas e levantou-se, de supetão, expondo o corpo vistoso resguardado num pijama rosa estampado, combinando magnificamente com seu corpo negro e esbelto.

Em seguida, ela foi até o mancebo decorativo num dos cantos da sala e retirou de um dos ganchos laterais o robe branco de cetim, vestindo-o com delicadeza e elegância. Olhou-se no espelho oval no centro da peça e, a passos calmos, caminhou em direção à janela.

Benjamim estava subjugado pela expectativa quando deu um passo para trás e enxergou, pela janela que se descortinava, o semblante carregado de espanto de Zuri.

— Meu Deus, Benjamim! — exclamou, colocando os braços cruzados no peito, abrindo a boca e aspirando longamente. — Aconteceu alguma coisa?

— Apenas uma visita surpresa — balbuciou com a voz entrecortada, surpreendido com sua reação descomedida e apreensivo com os olhares traiçoeiros dos vizinhos. — Posso entrar?

— Não estou trajada para visitas — disse. — Espere um pouquinho que vou trocar de roupa.

— Não faça isso comigo! — insistiu, com perseverança. — Nossos vizinhos estão de olho em mim.

— Espera aí que vou abrir a porta.

Zuri destrancou a fechadura, enquanto ele esquadrinhava os arredores à procura de alguém inoportuno. Quando a porta se entreabriu, Benjamim se espremeu e passou pelo pequeno vão, atrapalhando-se com a sacola, que ficou com a alça enganchada na maçaneta.

— Eu preciso falar com você, Zuri — declarou. — Estava morrendo de ansiedade. Não consegui tirar você da minha cabeça desde o dia que me disse que gostava da música "A Hard Day's Night", dos Beatles.

— Está bom, querido — concordou, condicionalmente. — Agora você vai sentar-se naquela poltrona ali e esperar um pouco. Vou colocar uma calça jeans. Não me sinto à vontade vestida desse jeito à frente de visitantes inesperados.

— Zu, não faça isso comigo! — suplicou. — Minha demora é pouca e você está deslumbrante vestida assim. E não sou uma visita. Vou colocar o disco na vitrola. Depois de ouvirmos a música, vou embora, antes que a Samara volte da freguesia e não me encontre em casa.

— Não estou gostando nada disso — replicou. — Você sabe muito bem que essas coisas não são vistas com bons olhos.

— Quero fazer uma declaração pessoal — disse. — Mas só com o fundo musical que nós dois gostamos. Feche as cortinas com blecaute. Por favor, só durante a audição.

Enquanto Zuri deslizava os blecautes das duas cortinas, Benjamim pôs o disco para rodar, e os primeiros acordes já podiam ser ouvidos. Ele não perdeu tempo. Começou a dançar sozinho com a capa do disco numa das mãos e, com a outra, mostrava o frasco de perfume e fazia gestos entusiasmados, convidando-a para dançar junto a ele.

Ela pegou a capa do vinil e o frasco do perfume e pôs tudo em cima da cristaleira. Depois, de uma maneira meio desengonçada, ensaiou alguns passos no ritmo da música e começou a cantar baixinho: *It's been a hard day's night, and I´ve been working like a dog.*

Ben não deixava o disco passar para a faixa seguinte. Assim que terminava a música, ele levantava o braço da agulha e a reconduzia ao início da faixa. Na terceira vez que ele fez isso, Zuri já movimentava seu corpo com vivacidade e destemor. Na quarta vez, ele deixou o disco passar para a segunda faixa que, para surpresa dos dois, reproduziu uma música lenta e romântica: "And I Love Her".

Zuri e Ben, posicionados frente a frente, balançando seus corpos lentamente ao ritmo da música, entregaram-se a um estado de êxtase profundo, dissipando a timidez de ambos. Ele, por sua vez, sentiu uma pequena movimentação no baixo-ventre, levando-o a suspeitar de que estava para acontecer algo, de uma forma que não acontecia há muito tempo.

Enfeitiçado pelo assombro e o prazer da constatação, ele aproximou seu corpo do dela, sem desviar o olhar de seus olhos. Ao tocar a cintura de Zuri com suas mãos e se aproximar um pouco mais, relando seu corpo no dela, sentiu o despontar de uma ereção na área de contato de seus corpos que, de modo bizarro, revelou-se pujante demais para aquele início de intimidade que vivenciavam naquele instante.

Desnorteado, Ben suspeitou, por um momento, que ele havia urinado na calça, tal era o ardor que sentiu na região. Aproximou um pouco mais o seu corpo ao dela e ficou evidente que a sensação de ereção física não era provocada só pelo seu corpo. Ele, então, encostou a testa no ombro direito de Zuri e desviou seu olhar para baixo, tentando controlar o pânico, em via de se estabelecer, em sua caótica mente.

Ele avistou, no percurso até seus pés e na altura do baixo--ventre dos dois, protuberâncias indistintas, mas sem nenhuma dúvida advindas, sobretudo, do pijama cor-de-rosa de Zuri.

Ele ergueu a cabeça de seu ombro e dirigiu novamente seus olhos aos olhos dela, de onde fluía um rio de lágrimas, formando pequenos riachos nos sulcos de seu rosto crispado de espanto.

— Ben, eu ia lhe contar tudo! — murmurou, mantendo seu olhar nos dele. — Eu juro!

Benjamim simplesmente se afastou um pouco, caiu de joelhos no chão, reclinou o corpo e encostou a cabeça e os braços abertos no tapete da sala. Passou então a ofegar ruidosamente e, apoiando seu corpo no chão pela cabeça, passou a bater os punhos fechados no chão e a maldizer a si mesmo:

— O que eu sou, afinal? Um idiota que perdeu o sentido da vida? Um bobo da corte. Isso mesmo! Um boçal submetido à chacota da comunidade, a qual fica se divertindo por trás das cortininhas! Um galã reformado que conquistou o amor da maravilhosa princesa núbia. Nada disso, imbecil. Apenas um alienado que não reconhece um preto, viado, mentiroso e filho da puta.

Zuri que, durante a exaltação sadomasoquista permaneceu paralisada e perplexa, caminhando sem parar em volta do corpo curvado dele, declarou afinal:

— Preto, viado, mentiroso, filho da puta e velho. É bom que você saiba. Nós viemos da mesma Clínica, Benjamim. Se é que você não desconfiou. E, se você não se controlar, vamos voltar para lá. E de lá não sairemos sem passar por um embaraçoso processo.

Com ininterruptos espasmos estomacais, Benjamim se pôs de quatro, levantou-se e, sem encarar Zuri, cambaleou até o lavabo.

Zuri, ao ouvir o ruído nauseante do regurgitar de Benjamim, retirou-se para seu dormitório. Lá chegando, tirou toda a roupa, colocou o pé esquerdo em cima do criado-mudo, segurou com força a genitália imperfeita amolecida e forçou o encaixe do conjunto no meio das nádegas, contraindo o glúteo com força até alojá-la em seu incômodo refúgio fedorento.

Deu alguns passinhos, com os joelhos colados, até ficar à frente do espelho grande. Mirou-se, de corpo inteiro, com a genitália oculta entre as nádegas. Colocou uma perna levemente à frente da outra, moveu com elegância o quadril e o ombro, ora para um lado, ora para o outro. Fez "caras e bocas". A seguir, aprumou os dois braços ao longo do corpo e colocou as duas mãos, uma de cada lado do monte de pelos pubianos naturais e passou a penteá-los com as unhas de suas mãos, partindo do centro para as laterais, formando um simbólico caminho em direção ao clitóris imaginário.

Terminou a performance com os olhos fixos no reflexo do espelho, empertigou o corpo humilhado, movimentando com graça os ombros e o pescoço, reorganizou os músculos faciais, tornando seu semblante altivo, vestiu a calcinha reforçada e a calça jeans branca e voltou para a sala de visitas.

Observou Benjamim sentado na beirada do sofá com o corpo curvado para a frente, os cotovelos apoiados nas coxas, balançando cadenciadamente a cabeça ora para um lado ora para o outro. Suava de tal maneira que acabou criando, entre seus pés descalços, uma pequena mancha escura de umidade.

Zuri, demonstrando não se abater com a visão melancólica, retirou o disco de vinil do prato da vitrola, alcançou a capa e o perfume na cristaleira e, de forma lenta e pausada, colocou tudo dentro da sacola da loja Discobertas. A seguir, posicionou-se diante do corpo depauperado de Benjamim e, com a sacola balançando em sua mão, sinalizou sua pretensão de devolver o presente oferecido.

— *Emi kii se obinrin!* — expressou. — Foi isso que eu lhe disse, duas vezes, na desembocadura da trilha da floresta, e só não traduzi porque você saiu correndo em direção ao lago quando o caixeiro viajante morreu afogado. *Emi kii se obinrin* significa "eu não sou uma mulher". Pegue esta sacola, Benjamim, e vá para a sua casa. Na vida que escolhemos, depois da "quase morte", só há lugar para valentes. Não quero mais saber de você.

Sorumbático, Benjamim se pôs de pé, pegou a sacola da mão estendida da Zuri e passou pela porta escancarada. Não olhou para trás. Cambaleou até o meio da ruela, hesitou por um momento e continuou subindo, no sentido inverso ao de sua casa, em direção à pracinha que tangenciava a trilha do morro.

Por sua vez, Zuri fechou a porta e deslizou o blecaute das cortinas, apenas o suficiente para vê-lo caminhar até onde sua vista o alcançou. Então, virou-se para o interior da sala, encostou-se na porta, deixou seu corpo deslizar até que se deitou de costas no chão e começou a recordar, até onde sua memória registrou, o esforço que foi obrigada a fazer para chegar até ali. Então desatou a chorar.

"Os orixás realizam um anseio perseverante"

Azekel Zunga nasceu em 25 de janeiro de 1933. Viveu todo o período da infância e adolescência na pequena cidade de Maseru, no reino de Basutolândia, pequeno país incrustado nas altas montanhas da África do Sul e, por isso mesmo, conhecido como "Reino dos Céus".

Filho único do babalorixá Takatiem Zunga e órfão de mãe desde o nascimento, Azekel foi obrigado a suportar a fase mais intransigente do regime do apartheid, sobretudo quando seu pai necessitava ir até alguma cidade grande da África do Sul para comprar, vender ou fazer algo que não havia em Maseru e o convencia a ir com ele.

Desde a mais tenra idade, Azekel dava mostras de que era um menino diferente. Interessado por artes e cultura em geral, começou a participar das sessões de candomblé regidas por seu pai, tocando tambor ou percutindo os sininhos.

Aos seis anos, já eram visíveis os trejeitos levemente efeminados no comportamento de Azekel, assustando seu pai, uma vez que a homossexualidade não era tolerada, sendo severamente punida na maioria das nações africanas.

Mesmo nas várias brincadeiras infantis praticadas pela turma do bairro, ele preferia as mais engenhosas — como passa anel, amarelinha ou troca-troca (em que gostava de fazer o papel de menina) — às mais esportivas — como roda pião, taco ou bolinhas de gude.

Quando chegava o verão, Azekel acompanhava a turma que ia nadar às margens plácidas do rio Caledon, e todos, meninos e meninas, tiravam a roupa e nadavam pelados. Ele não sentia nenhuma curiosidade a respeito do corpo das meninas, porém ficava muito envergonhado quando era flagrado olhando o corpo de algum menino, especialmente quando apresentava uma incipiente ereção.

Apesar de receber educação de péssima qualidade, persistia em estudar sozinho e sonhava ingressar numa faculdade de História ou de Idiomas Africanos numa cidade grande.

Azekel tinha consciência de que, se nada fizesse, terminaria seus dias no planeta Terra praticando agricultura de subsistência — milho, sorgo, trigo e feijão — ou ocupando-se da criação de ovelhas na cordilheira de Drakensberg, a qual contorna a fronteira de Basutolândia com os países vizinhos.

Takatiem era muito próximo do filho, mas sempre muito reservado, não comentava pequenas atividades transgressoras praticadas por ele. Uma das mais perigosas, e seu filho já desconfiava, era a propagação de mensagens revolucionárias a seus seguidores, por intermédio das rezas dos orixás nas cerimônias religiosas. Outra, que Azekel só percebeu depois da morte do pai, era perambular, nos fins de semana, pelas regiões das minas de diamantes, à procura de pedrinhas extraviadas.

No início da década de sessenta, o babalorixá revolucionário e minerador enrustido, viajou com seu filho para Joanesburgo. Seu propósito era vender algumas pedrinhas de diamante no mercado negro e, principalmente, participar de uma manifestação em Sharpeville, organizada pelo Congresso Pan-Africano com o objetivo de protestar contra a "Lei do Passe", que obrigava os negros da

África do Sul a portarem uma caderneta apontando a quais lugares eles tinham permissão de ir.

Vinte mil manifestantes, inclusive Azekel e Takatiem, marchavam pacificamente pelo bairro negro de Sharpeville, nos arredores de Joanesburgo, quando rajadas de metralhadora foram disparadas pela polícia africana para conter a marcha ilegal.

Takatiem Zunga foi um dos setenta mortos no massacre, e seu filho Azekel, gravemente ferido — como outros duzentos manifestantes — foi internado num dos hospitais de Joanesburgo para o tratamento de uma fratura nasal grave e de um procedimento de retirada dos testículos, dilacerados durante o tumulto.

Azekel contou com a devoção dos candomblecistas que identificaram e conduziram o corpo de seu pai à digna cerimônia de sepultamento e acompanharam a evolução de seu tratamento no hospital até que pôde voltar para casa, onde encontrou uma pequena reserva de dinheiro e um saquinho de couro repleto de pequenas pedras de diamante bruto.

Encorajado e com a firme determinação de tentar entrar na Universidade de Witwatersrand, em Joanesburgo, vendeu tudo o que conseguiu e foi tentar a sorte na cidade africana.

Impedido de passar pela portaria da Universidade, vedada aos pretos comuns, acabou recebendo a ajuda de uma aluna universitária feia, cabeluda e desengonçada, a qual, após exibir seus documentos na portaria, conseguiu a permissão para que ele ingressasse.

Na rápida conversa que mantiveram, Azekel informou que procurava fazer o curso de História e soube que ela se chamava Alika Moyo, que fazia o curso de Direito e que era filha de Efraim Moyo, um poderoso mercador africano.

Não demorou muito tempo e ele foi convidado para um jantar em sua casa, conheceu o mercador que se dispôs a ajudá-lo desde que se casasse com sua única filha, entre quatro filhos homens casados e que geraram oito netos.

Sem nenhuma alternativa consistente, Azekel concluiu que um casamento de fachada, para satisfazer o mercador, não seria uma opção tão indigesta perante sua pretensão de conquistar um lugar na sociedade e uma oportunidade única de obter uma vaga para entrar na universidade.

E assim foi feito. Azekel se casou com Alika, entrou na faculdade e não teve grandes problemas no relacionamento com ela, fria e desinteressada. Todavia, à medida que o tempo passava, a dificuldade de manter uma ereção forçada, nos raros encontros íntimos, estava cada vez mais difícil.

Certa noite, entre desesperado e criativo, arriscou passar vergonha e tentou uma estratégia arriscada. Temia uma reação desfavorável dela e um problema gravíssimo com seu pai. Pois bem.

Antes de se meterem na cama, ele propôs uma brincadeira erótica inusitada: pediu que ela escondesse o cabelo comprido num quipá africano, que ele encontrou entre seus pertences. Com o corpo empertigado e com o cabelo escondido, Alika ficou bem parecida com os garotos africanos que brincavam com ele na sua terra natal.

Então, propôs fazerem amor de pé. Ela assentiu, morrendo de rir. Então ele a posicionou de frente contra uma das paredes do aposento e, mantendo-se por detrás, penetrou-a entre as nádegas, primeiro na boceta e depois, mais confiante, meteu inteiramente no cu. Ela reclamou, contorceu-se e procurou se desvencilhar, mas depois sossegou e ele conseguiu manter a ereção por muito mais tempo e com menos sacrifício, pensando nos meninos de Maseru.

Ele percebeu que Alika gostou da brincadeira, uma vez que, nas ocasiões em que havia clima propício a fazerem amor, Alika tomava uma ducha rápida, voltava pelada, vestia o quipá escondendo o cabelo e reclinava seu corpo em alguma parede, na pia do banheiro ou no aparador do aposento, ficando de costas para ele, dando risadinhas maliciosas.

Algum tempo depois, Alika chegou da faculdade e apareceu na sala de jantar com um penteado bem curto, provocando manifestação raivosa de seu pai e um sorriso cínico do Azekel.

— Que loucura é essa que você fez? — disse Efraim, com o cenho franzido. — Desse jeito você vai afugentar seu marido.

— Não vou não, pai — declarou, olhando para Azekel e soltando uma gargalhada.

Efraim estava ficando cada vez mais ansioso com a falta de notícias em relação à gravidez de sua filha. Até que chamou Azekel para uma conversa franca em seu escritório.

— Diga-me uma coisa — falou. — Alika está demonstrando, ultimamente, que está em paz com sua vida. Sinal de que, pelo menos na cama, estão se dando muito bem.

— Não me deixe envergonhado, senhor Efraim — disse Azekel, pisando em ovos. — Ela reclamou de alguma coisa?

— Alika não reclama de nada — afirmou, alcançando a caixa de charutos cubanos e pegando um. — Eu é que estou desconfiado de alguma coisa fora do comum. Quase dois anos e meio e nada de se falar de gravidez é um problema para mim.

— Seria um problemão se ela ficasse grávida — respondeu.

— Como assim? — perguntou, visivelmente decepcionado. — Você não sente atração por ela?

— Claro que sinto e nos damos bem na cama — mentiu. — Acontece que eu sou estéril. Não posso ter filhos.

— Isso vocês esconderam de mim — afirmou contrariado e recolocou o charuto na caixa. — Explique isso direito.

— Alguns anos atrás, meu pai e eu estávamos em Sharpeville, participando de uma manifestação, quando a polícia abriu fogo contra os manifestantes indefesos — declarou, num só fôlego. — Meu pai morreu na hora, eu fui gravemente ferido e os médicos tiveram de extrair meus testículos esmagados.

— Peraí — exclamou, decepcionado. — Por que motivo você não me contou isso aí? Estava tirando proveito de mim e da minha filha?

— Não contei porque ninguém me perguntou — esclareceu. — Isso não é coisa para ficar falando aos quatro ventos. Nunca achei que Alika quisesse engravidar. Aliás, sempre achei que o senhor já estivesse satisfeito com os oito netos que tem.

— Você está redondamente enganado — falou em voz alta. — O único interesse que tive por você foi o de me dar um neto autêntico. Um filho da minha única filha. Meu herdeiro indiscutível. Os filhos de minhas noras podem ser, mas podem não ser os filhos dos meus filhos. Agora vá embora da minha frente e não comente que tivemos essa conversa com ninguém e, principalmente, com Alika.

Durante alguns dias, o ambiente parecia serenado na mansão do mercador africano, e Azekel estava convencido de que o assunto estava encerrado.

Então, quando Efraim o convidou para acompanhá-lo na viagem inaugural do recém-comprado Learjet 23 ao porto de Durban, a quinhentos quilômetros de distância, para receberem presencialmente um valioso carregamento procedente do Brasil, ele não desconfiou que pudesse enfrentar qualquer perigo. Mas estava redondamente enganado.

Assim que chegaram ao porto, Efraim e Azekel ingressaram numa embarcação e imediatamente encaminharam-se à escadaria que conduzia ao porão destinado às cargas. Permaneceram, por alguns instantes, defronte ao portão de um compartimento e, em seguida, Efraim solicitou a um dos seguranças que destrancasse o ferrolho.

No interior encontravam-se trinta pretos retintos como Azekel, sentados lado a lado em bancos laterais, os quais contornavam toda a periferia do ambiente.

— Aqui termina sua aventura — afirmou Efraim. — Você obteve seu diploma na faculdade e adiou meu desejo por algum tempo, mas saiba que vou encontrar um homem com colhões, casar minha filha e conseguir o neto autêntico. Custe o que custar!

— Ela é minha esposa — disse. — O senhor falou para que eu me casasse com ela. Não mencionou nada a respeito de filhos. Por que razão Alika nunca falou nada a esse respeito? Ela parecia bem satisfeita.

— Você é bem esquisito — avaliou. — Com certeza ela foi enfeitiçada. Sei muita coisa a seu respeito, inclusive que seu pai era macumbeiro e trambiqueiro.

— Leve-me de volta para casa — implorou. — Eu vou convencê-la a engravidar de outro homem e prometo assumir a paternidade da criança. Ninguém precisa ficar sabendo.

— Ela não precisa de um marido corno — disse, empurrando Azekel para o interior do compartimento e gritando, ao fechar a porta. — Ela só precisa de um marido morto.

No início da travessia do oceano Atlântico, Azekel ficou sabendo que aqueles homens eram requisitados legalmente ao mercador africano para trabalharem nas fazendas de café no interior do estado de São Paulo, e que não se tratava de imigração forçada ou criminosa.

Ele sabia que não chegaria vivo ao outro lado do oceano se não fizesse algo para dificultar a sua captura solitária no salão. Necessitava ficar junto a todos, para evitar que simplesmente o jogassem ao mar infestado de tubarões.

Azekel desconhecia em quem confiar ali dentro do compartimento. Em vista disso, decidiu fazer a apuração com as rezas em iorubá, alternando com mensagens de socorro, como seu pai fazia em relação às mensagens políticas.

Em determinada hora, ele percebeu que o navio mantinha a velocidade constante, característica da navegação em alto-mar e, então, ele iniciou a reza do orixá Bará, sozinho e com a voz baixa:

Ajúbà Bàrá Légbá / Olóde / Èsu Làná / Bàrá Dage Burúcú / Lànà Bàrá Jàlù Làlúpo / Èsu Bàrá! — Respeitamos o Bará, dono do látego, dos campos, Exu no caminho, Bará que corta o mal, abre os caminhos, Bará mensageiro do tambor.

Assim que iniciou a reza de Ogum, ele percebeu que já não cantava sozinho e, quando terminou a reza da Iansã, mais da metade dos imigrantes cantava com solicitude. Diante disso, Azekel decidiu que chegara a hora de passar a mensagem de socorro: *wọn fẹ́ mú mi / nwọn fẹ lati pa mi /kódà wọn fẹ́ jù mí sínú òkunṣugbọn pẹlu gbogbo iranlọwọ / emi yoo gba ara mi là* — Querem me prender / querem me matar / querem até me arremessar no mar / mas com toda ajuda / eu vou me salvar.

Como havia muitos seguidores do candomblé e muitos tinham ouvido falar de seu pai, os imigrantes entenderam direitinho a mensagem, formaram uma grande roda, passaram a esconder Azekel, cantando animados todas as rezas de Xangô, Oba e assim por diante até Oxalá.

Quando o primeiro segurança entrou para buscar Azekel Zunga, todos estavam rodando compactamente pelo salão, olhando para baixo e cantando sem parar as rezas dos orixás, deixando claro que ali, no compartimento, não seria possível captá-lo sem provocar uma inútil rebelião.

Não foi diferente na caminhada, desde a saída do navio até o ingresso no caminhão estacionado à beira do cais: todos os imigrantes, olhando para baixo, encostados uns aos outros, formavam uma coluna humana compacta indefinível e deixando evidente que, para separar um deles, deveriam aguardar a chegada ao armazém de desagregação.

Quando o caminhão entrou na orla marítima de Santos, pela Ponta da Praia, foi obrigado a fazer uma pequena parada no semáforo, pelo tempo suficiente para a massa humana abrir uma passagem central.

Assim que o caminhão retomou o movimento, Azekel Zunga saltou da carroceria e se embrenhou na praia, escondido pela mureta de proteção da maré alta. Correu por duzentos metros e, quando se sentiu resguardado, atravessou o jardim e se pôs a atravessar a avenida, quando ouviu o som estridente do atrito de pneus no asfalto, antes de perder a consciência.

Francisca Alves saiu correndo do fusca pela porta do motorista, enquanto Miguel, que a ensinava a dirigir, desembarcou pela outra. Os dois acercaram-se do corpo estendido no asfalto da avenida deserta e decidiram levá-lo de imediato à Clínica, uma vez que, se chamassem o socorro médico, Chica iria se meter numa boa encrenca. E ele também.

Reclinaram ao máximo o banco do carona, estenderam o jovem negro ali, Miguel tomou o volante e rumou lépido à Clínica, bem perto de onde eles estavam. Ainda parou diante de um orelhão pelo caminho e Chica telefonou ao seu pai, o senhor Elói, que se ocuparia dos aprestos iniciais.

A trajetória de vida de Azekel Zunga impressionou Elói, pelo sacrifício que foi obrigado a submeter-se por causa de sua raça e gênero. Não houve dificuldade alguma em obter a concordância do dr. Leo em servi-lo como cliente especial, haja vista que, se ele fosse liberado naturalmente, seria perseguido e morto pelo poderoso mercador africano alucinado. Além do mais, com a concordância de Azekel, os pequenos diamantes brutos encontrados num saquinho de couro amarrado à sua coxa foram negociados por Rato, no mercado negro do porto de Santos, por um valor suficiente para pagar um bom trabalho na Clínica.

Alguns dias depois, a morte de Azekel Zunga, genro de um conhecido mercador internacional, foi confirmada, após a explosão de uma caldeira movida a carvão, junto a mais seis mineradores, no porão de um navio cargueiro holandês.

Com o sinal verde para prosseguir com a programação, o dr. Leopoldo Calderon procedeu à delicada cirurgia plástica reparadora da cavidade nasal do cliente especial, refazendo o procedimento malfeito de dez anos atrás, feminizando o formato do nariz externo e harmonizando, da mesma forma, todo o semblante de Azekel.

Ele permaneceu na Clínica por dois meses, recebeu a documentação com o nome de Zuriel Said, abriu mão de uma servidora diária e, quando desceu no ponto do ônibus, nas proximidades do Vilarejo Boaventura, decidiu descer pela trilha do morro, acessar a pracinha mais próxima e, com a chave em mãos, destravou a fechadura da casinha verde número vinte e três, a menor e mais charmosa da rua de Cima.

"E agora, Benjamim?"

A presença de Benjamim Fernandes, no fim da rua de Cima, carregando a sacola chamativa de uma loja de discos e movendo-se lentamente no sentido oposto ao de sua casa, era algo inimaginável. Sem olhar para trás, ele atravessou a pequena praça de retorno com determinação, fez uma breve pausa para reflexão e alcançou o ponto de partida da trilha que serpenteava morro abaixo.

Alheio e descoordenado, ele deu os primeiros passos para acessar o atalho rústico, onde pedras e raízes escorregadias, em razão das chuvas dos últimos dias, apresentavam-se como um problema adicional, tornando-o ainda mais perigoso. No trecho final do estreito caminho, ele perdeu o equilíbrio, caiu sentado e deslizou por vários metros sem soltar a sacola, até chocar-se contra o gramado próximo ao lago.

Imediatamente, ele viu-se rodeado por muitas pessoas, todas fazendo, ao mesmo tempo, várias perguntas que não conseguia responder, atordoado com a situação em que se encontrava naquele momento.

Samara, que retornava da freguesia, deparou-se com a aglomeração à beira do lago. Estacionou seu carro no início da rua de

Cima e desceu correndo para descobrir o que estava acontecendo. De repente, ao notar a presença de Samara no meio da aglomeração, Benjamim acalmou-se. Fechou os olhos e entregou-se a uma crescente serenidade, sentindo sonolência e a sensação de suas pálpebras ficando cada vez mais pesadas.

Ao recuperar a lucidez, ele percebeu que estava deitado em sua cama, no quarto habitual, com uma perna e a testa enfaixadas. Samara estava ao seu lado, sem demonstrar qualquer sinal de ter percebido a visita surpresa que ele havia feito a Zuri.

— O que aconteceu com você? — perguntou. — Quando voltei da freguesia, encontrei-o meio atordoado, no meio de um grupo de moradores, agarrado à sacola da loja de discos.

— Deixa para lá — disse, fazendo um gesto característico com as mãos. — Eu meio que me senti com quinze anos e fui me aventurar na trilha. Machuquei muito a cabeça? Está latejando.

— Nada sério! — respondeu. — Apenas escoriações leves na perna e uma pancada que o deixou atordoado por um tempinho. Além de um galo feio na testa.

Benjamim permaneceu com uma postura apática nos dias que se seguiram ao desentendimento com Zuri e à queda na trilha do morro, intercalando entre cochilar no sofá da sala e procurar mergulhar em sono profundo em sua cama. Os sonhos angustiantes, que jorravam incessantemente de sua mente atribulada, tornavam-se cada vez mais perturbadores. O ato simples de fechar os olhos e buscar um breve momento de relaxamento era suficiente para que a imagem de Zuri se manifestasse de maneira bizarra na forma de sonho, obrigando-o a despertar imediatamente.

Essa interrupção abrupta não apenas deixava o sonho inconcluso, mas também provocava uma recorrência constante do fenômeno, perpetuando assim o desconforto noturno.

Num certo dia, ao avaliar sua imagem refletida no espelho do banheiro e notar as pronunciadas olheiras azuladas, ele optou por ingerir o comprimido azul oferecido por Samara. Essa decisão visava favorecer um sono mais prolongado, buscando liberar seu cérebro para encerrar o processo responsável pela recorrência onírica persistente.

Dito e feito!

Devidamente acomodado em sua confortável cama de solteiro, Benjamim se entregou aos braços de Morfeu. Envolto até o queixo por um edredom de linho branco e macio, ele apagou a luz do abajur. Em poucos minutos e sem qualquer hesitação, deslizou para o devaneio onírico, buscando um sono investigativo e esclarecedor.

Ele se viu subindo pelo acesso que conduzia à rodovia, empunhando um binóculo e um cantil de dimensões extraordinárias, ambos impregnados de um vermelho vibrante. Ao fazer a curva à direita e seguir um pouco adiante, ele desembocou no platô onde repousava o ponto de ônibus, oferecendo uma visão surreal da casa de Zuri do outro lado do vale.

Benjamim empunhou o equipamento e direcionou-o para a casinha verde de Zuri. Com o coração pulsando aceleradamente, conseguiu vislumbrá-la de costas, dançando nua no meio de uma roda de homens brancos mascarados, igualmente nus. De repente, Zuri virou-se, apontou as duas mãos com os dedos esticados em direção a Benjamim e, com os indicadores das duas mãos, fez o gesto característico, convidando-o a participar da orgia em que todos, inclusive ela, expunham os órgãos sexuais excitados, levando-o a sentir uma controversa e inesperada excitação sexual.

Desesperado, ele passou a gritar para todo o vilarejo ouvir: "Ela não é mulher! Ela não é mulher"!

O eco de sua voz reverberou pelos morros do vale, com incrível velocidade, fazendo com que as encostas pulsassem e alguns focos de incêndio surgissem. Diante desse calor progressivo, ele alcançou seu cantil vermelho. Contudo, antes que pudesse saciar sua sede, alguém, percebendo sua intenção, apressou-se em tomar o cantil de suas mãos. Sem hesitação, essa pessoa despejou o conteúdo sobre a cabeça de Benjamim, causando um choque instantâneo entre o calor do ambiente e a refrescância inesperada, levando-o a despertar do pesadelo aflitivo.

— Pare com isso! — ordenou colérico, segurando a mão que o molhava. — Pare com isso agora mesmo.

— Respire fundo, Benjamim, respire — orientou Samara, desvencilhando-se da mão que machucava seu pulso e provocava o derramamento da água da vasilha, na qual umedecia o lenço que ela passava no galo de sua cabeça. — Você teve um pesadelo.

— Obrigado! — disse, enxugando o suor com a toalha que ela lhe trouxe. — Pesadelo recorrente!

— Se é recorrente... — decretou. — Há algo que precisa ser resolvido, seja lá o que for.

— É verdade — ponderou, questionando-se sobre o prazer sexual insinuado, que teria sentido no pesadelo. — Não ponha merda na minha cabeça.

Mas Samara já havia posto.

Naquele mesmo dia, ao cair da noite, Benjamim debatia-se com a incerteza entre tomar novamente o comprimido ou tentar pegar no sono sem o efeito do remédio.

Ao recostar-se na cama de seu quarto, banhado pela suave luz do luar que se filtrava pela janela entreaberta, Benjamim entregou-se ao ritual meticuloso de buscar o aconchego ideal. Cuidadosamente, ajustou os travesseiros e puxou os lençóis até o queixo, criando um ambiente de conforto. Seu olhar vagou pelo teto, uma prática conhecida que precedia os momentos de repouso, acompanhada por uma respiração serena, visando a paz antes da chegada do sono.

De maneira inadvertida, seu olhar foi desviado para a sacola da loja Discobertas, cuidadosamente apoiada junto ao armário.

Na penumbra do quarto, aquela presença, aparentemente comum, assumiu uma aura de significado oculto. Uma sensação familiar de angústia e tristeza envolveu o seu coração, como se as sombras projetadas pela sacola carregassem consigo lembranças e emoções forçosamente guardadas. O motivo para essa reação visceral permanecia um enigma, um elo inexplicável entre o presente e algo do passado que, naquele instante, emergia para assombrar seus pensamentos noturnos.

Na serenidade daquele ambiente, Benjamim iniciou um suave cantarolar da música da segunda faixa do disco dos Beatles, adquirido na Discobertas: *Hey Jude, don't make it bad. Take a sad song and make it better. Remember...*

À medida que as pálpebras dele se tornavam suavemente mais pesadas, ele percebeu o símbolo do disco gravado na sacola da loja ganhar uma sutil movimentação, como se estivesse girando e criando a própria melodia de amor. Essa sensação o conduziu a um sono profundo, repleto de doçura, desprovido de sonhos e sem a necessidade de medicação.

Sentado no banquinho diante do balcão de madeira, que separava a copa da cozinha, ele saboreava o suco de laranja com um canudinho e apreciava os deliciosos sanduíches preparados na hora por Samara.

Enquanto sua mente divagava pelos eventos recentes, ele refletia sobre a decisão de levar o pesadelo até o final na noite anterior, utilizando o comprimido azul, considerando-a acertada. O fato de deitar-se, naquela noite, sem medicação e desfrutar de um sono tranquilo, sem a aparição de Zuri nem em sonho nem em pesadelo, era um sinal evidente de que o episódio com ela fora resolvido.

Assim, escolheu aproveitar o momento em que a garoa se dissipou, e o nascer do sol surgiu com intensa luminosidade sobre o morro Pelado, para colher um pouco da beleza dourada que pintava o céu.

Após o desjejum, levou consigo o cavalete, a maleta com os materiais de pintura e a tela esboçada que escolheu para finalizar. Pediu também que Samara levasse uma garrafa de vinho rosê Manon Côtes de Provence, alguns petiscos e apenas uma taça de cristal. Não tinha a intenção de se envolver em conversa fiada com ninguém.

Apesar de sua louvável intenção, as coisas não se desenrolaram como ele havia imaginado. Ao fixar o olhar no firmamento dourado, buscando capturar a cor adequada para aplicar na tela da paisagem montada no cavalete, ainda descolorida e soturna, ele hesitava ao escolher as cores na paleta da aquarela.

Então retornou o pincel sem cor à lata de solvente.

Ao constatar suas mãos trêmulas e sua mente desprovida de qualquer inspiração, Benjamim preencheu a taça de vinho com a derradeira dose da garrafa, apoiou as mãos nos joelhos e contemplou, desolado, o gradual esmaecimento da luminosidade celestial.

De forma abrupta, ele se ergueu, alcançou a garrafa vazia e, praguejando consigo mesmo, caminhou lépido até sua casa. Lá, sua fiel servidora ocupava-se com o preparo do almoço. Ele colocou a garrafa vazia sobre a tampa do balcão da cozinha, sem proferir uma palavra sequer a ela. A seguir, adentrou a adega sob a escada, optou pelo vinho espanhol tinto seco Altos de Luzón, pegou o saca-rolha, outra taça e retornou ao jardim.

Benjamim não aceitava a inusitada falta de imaginação, ao contemplar o céu profuso de cores e sentir-se incompetente, para combinar as tonalidades da paleta, a fim de replicar algo semelhante na tela de sua paisagem imaginária. A concepção, ou seja, a etapa mais desafiadora havia sido realizada com determinação e alma inspirada, sem dificuldade alguma. Por outro lado, a permanência naquele local, outrora cheio de saudações e sorrisos dos moradores anônimos, estava desalentada e ineficaz.

Por um bom tempo, permaneceu sentado, tentando pintar e bebendo sozinho sem que qualquer criatura se aproximasse. Ao colocar a segunda garrafa de vinho e uma das taças em cima do banco de jardim, passou a se comportar não como um pintor à espera da desejada inspiração, mas como um pescador aguardando uma fisgada eventual.

O silêncio envolvente foi rompido pelo farfalhar vigoroso da folhagem no final da trilha da floresta, capturando imediatamente a atenção de Benjamim, que se encontrava acomodado nas proximidades. À medida que o som se amplificava, uma presença humana começou a se manifestar, emergindo gradualmente da boca da trilha e revelando, ao que parecia, moradores do vilarejo. Com uma observação mais atenta, Benjamim conseguiu discernir pelo menos duas figuras familiares entre eles: Heitor e Elvira Garcia, seus vizinhos da rua de Cima, confirmando sua suposição de que se tratava de moradores. De uma hora para outra, o cenário, antes devoluto e melancólico, ganhava vida, proporcionando um alento de última hora a Benjamim.

Ao chegarem à área de lazer, os moradores se dispersavam em direções diversas. No entanto a maioria o saudava de maneira protocolar ou amistosa, por meio de gestos com as mãos. Alguns se aproximavam da margem do lago, enquanto outros se dirigiam à rotatória principal para acessarem as ruas de suas residências. De maneira excepcional, pelo menos um dos trilheiros — um homem negro forte, exibindo um sorriso de dentes brancos e caminhando de um jeito meio afetado — aproximou-se de Benjamim.

— Valha-me Deus! — exclamou o homem. — Acabei de deparar-me com o ilustre pintor Benjamim Fernandes, solitário no jardim. E, ainda por cima, em plena atividade! Sou Henrique e fui vizinho do saudoso Jorge, no finalzinho da rua do Lago.

— Ilustre? — questionou Benjamim, convidando-o com um gesto a sentar-se no banco de jardim. — Isso é novidade pra mim. E de onde vem tanta gente?

— Com certa frequência organizamos uma caminhada pelas trilhas do vilarejo — explicou Henrique, de maneira detalhada. — O ponto de encontro é em frente à minha casa, próximo ao local em que você teve um contratempo. A jornada segue pela trilha do morro até a primeira praça, onde planejamos encontrar os moradores da rua do Meio. Logo após, o grupo retorna subindo até a segunda praça, na qual se une aos moradores da rua de Cima, onde você mora. Com o grupo completo, percorremos toda a extensão da trilha até chegarmos ao platô do ponto do ônibus ao norte do vilarejo. A partir desse ponto, a jornada segue pelo acostamento da rodovia Fernando Machado, indo além da entrada da comunidade, em um comboio coordenado até o platô do ponto do ônibus ao sul do vilarejo. Daí ingressamos na trilha da floresta, descendo o morro, até desembocarmos aqui perto de onde estamos conversando.

— É um trajeto e tanto — disse, admirado. — Quando estiver bem recuperado do tombo, vou querer participar. Como fico sabendo da próxima excursão?

— O vilarejo é muito pequeno, e as notícias se espalham rapidamente por aqui — disse, com a voz um pouco afetada. — Dizem por aí que você é um sujeito preconceituoso. Eu não acredito!

— Bem, você sabe como é — comentou, enchendo a taça de vinho e oferecendo a ele. — Essas coisas...

— Não, na verdade, eu não sei — respondeu, tomando um gole de vinho e expressando satisfação com um gesto. — O que você quis dizer?

— Ah, nada, é que, você sabe, algumas pessoas... — tentou explicar, perdendo-se na argumentação. — Não é nada pessoal. Entende?

— Eu não entendo — falou, abrindo um sorriso sincero. — Pode me explicar?

— É que, bem, eu estou meio perdido nessas coisas — gaguejou na explicação, já arrependido de ter convidado Henrique para tomar uma taça de vinho com ele. — Prefiro manter as coisas do jeito que sempre foram.

— Desculpe, mas isso não explica nada — retrucou, demonstrando desconforto. — Você está se referindo à cor da pele?

— Bem, é que eu não estou acostumado com... vocês — respondeu, observando o sol quase a pino e olhando em direção à sua casa, almejando ser salvo novamente pela presença de Samara, como no caso com a Joana.

— Não acredito que estamos tendo esta conversa em pleno século vinte — disse, interrompendo a tensão. — Por favor, enxergue os seres humanos como na imagem que você vê no seu espelho.

— Eu só... não sei como lidar com essa mudança toda.

— Mudança? — questionou, servindo Benjamim e depois enchendo sua própria taça. — Você quer dizer aceitar as pessoas pelo que são?

— Não é tão simples assim — disse.

— Tratar as pessoas com deferência é algo simples — retrucou, mostrando a garrafa de cabeça para baixo. — Tão simples como secar uma garrafa inteira do refinado vinho Altos de Luzón num rápido bate-papo casual.

Ao observar Henrique caminhar com delicadeza em direção à sua residência na rua do Lago, Benjamim percebeu sua mente confusa diante da profusão de informações desconhecidas. Ele estava perplexo com as revelações feitas por Henrique. As palavras proferidas por ele ecoavam na sua mente, despertando uma curiosidade inquietante. Intrigado, ele ansiava compreender um pouco mais sobre as "mudanças" mencionadas por Henrique.

Todo o raciocínio dele estava delineado por eventos misteriosos e experiências únicas, cativando Benjamim como uma paisagem que ganha vida a cada pincelada. Ainda assim, sua confusão e desconforto com a situação exigiam uma resposta incisiva, um entendimento mais profundo.

Benjamim observou a tela intocada, alcançou o pincel e, com a mão firme e os toques costumeiros, coloriu uma grande parte do quadro, antes que Samara aparecesse para limpar a bagunça e chamá-lo para o almoço.

Ele se aproximava do início da rua de Cima quando o farfalhar tardio dos arbustos, na boca da trilha da floresta, revelou a presença de Zuri e mais algumas pessoas, que haviam ficado para trás na caminhada.

"E que tudo mais vá pro inferno!"

Na manhã de sexta-feira, Benjamim experimentava uma gama de emoções contraditórias, destacando o alívio por ter passado uma noite tranquila com sonhos efêmeros prontamente dissipados. Porém, sem um motivo racional aparente, ele ansiava por assegurar, antes do eventual encontro com Henrique, se a movimentação interna na casa de Zuri era visível de binóculo a partir do platô sul do vilarejo.

Durante a refeição matutina, ao observar Samara trabalhando no preparo de alimentos e, ao se acomodar no banquinho junto ao balcão que a copa compartilhava com a cozinha, ele expressou o desejo de realizar um passeio solitário até a freguesia.

— Você está querendo o carro emprestado? — indagou Samara, mantendo-se ocupada na pia.

— Não mesmo — respondeu, surpreendido pela pergunta inesperada. — Tenho o hábito, e até mesmo a preferência, de viajar de ônibus. Do carro só se vê asfalto, enquanto o ônibus permite observar pela janela a vida acontecendo lá fora. Já que mencionou, por curiosidade, você me emprestaria seu carro?

— Você sabe muito bem que está em pleno período de adaptação — respondeu. — E já percebi que você gosta de uma bela encrenca. Então, para evitar incômodos, seria prudente evitar situações novas. Porém, sem dúvida, eu lhe emprestaria meu carro.

— Obrigado — disse. — Mas vou de ônibus e volto na hora do almoço.

E assim ocorreu. Benjamim retirou algum dinheiro de seu esconderijo, deixou a residência, passou pela portaria do vilarejo e caminhou rapidamente até a rodovia, onde ficou aguardando o ônibus. Samara o havia alertado de que, a menos que fosse um motorista muito mal-humorado, o ônibus faria a parada fora do ponto para apanhar ou deixar moradores do vilarejo.

O ônibus parou sem contratempos.

Benjamim embarcou e ocupou o assento individual ao lado do motorista. Com a visão proporcionada pelo amplo para-brisa dianteiro, ele desfrutava de uma posição privilegiada, permitindo-lhe observar, por exemplo, o trote lento de cavalos ao longo do acostamento seguindo o líder. Além disso, notou o grupo de trabalhadores de uma chácara local, dispersos pelo milharal, colhendo as espigas secas e acomodando-as no cesto pendurado no ombro. Mais à frente, avistou uma roda de mulheres sentadas no chão, debulhando milho ao lado da cerca e acomodando os grãos em bacias de alumínio.

Benjamim conseguiu também avistar o casarão enorme, mais recuado, a que Samara havia se referido como um puteiro. Na placa de divulgação, abaixo do nome do estabelecimento, Status, a atenção de Benjamim foi capturada pela imagem de uma mulher negra, alta e sensual. Anunciavam seu nome como Malaika. Ela estava vestida com um biquíni vermelho, e seu rosto estava coberto por um véu muçulmano, conhecido como *hijab*, deixando à mostra apenas os olhos.

Ela parecia levitar acima do solo, com as pernas longas abertas, formando um amplo ângulo, ao realizar o difícil movimento *écarté*, como é conhecido na linguagem da dança clássica. Sustentava-se paralela ao solo, na barra fixa vertical com as mãos espaçadas, criando uma imagem surreal e expressiva.

A seguir, já próximo ao acesso à freguesia, dois automóveis estavam estacionados no acostamento com os passageiros se acusando mutuamente, com gestos agressivos, da responsabilidade pelo acidente. Finalmente, o ônibus estacionou no ponto diante da entrada da freguesia, e Benjamim desembarcou, satisfeito com a vida real desenrolando diante de seu nariz.

Caminhando pela avenida de acesso ao centro histórico, ele sentiu a brisa suave soprando em sua direção, trazendo consigo os odores característicos de uma praça principal nas cidades pequenas.

O aroma de mato molhado se mesclava com o emanado dos quiosques montados por comerciantes, que ofereciam pastéis, pipoca, milho na espiga, churros, cachorro-quente e, principalmente, "churrasquinho de gato".

À medida que Benjamim prosseguia, ele se deixava envolver pelo suave perfume que se desprendia dos distantes roseirais. Seus pensamentos, de forma instintiva, comparavam-no à fragrância de jasmim e pêssego que emanava do corpo de Zuri, há pouco registrado em sua memória.

Nesse momento, estabeleceu-se uma melancólica correspondência, harmonizando-os com o suave gorjeio dos pássaros de rua. Com notas melancólicas, esses pássaros compunham a lembrança nas altas árvores do jardim. Era como se a natureza, por um instante, compartilhasse da tristeza oculta na alma de Benjamim durante sua jornada solitária.

Sua distração foi abruptamente interrompida ao deparar-se com um casal adulto, de mãos dadas, aparentando descontração e alegria. O homem era branco, e a mulher, negra e alta, evocando novamente a lembrança de Zuri.

Com o coração aos pedaços, dirigiu-se até o final da ruela lateral à igreja matriz, onde se localizava o ribeirão Boaventura. Sentou-se, muito surpreso com a sua reação à tranquilidade do casal, em um dos bancos da barranca do rio.

— Esse demônio vai me enlouquecer — murmurou consigo mesmo, levantando-se em seguida.

Mantendo sua mente focada, Benjamim percorreu as vitrines das lojas enfileiradas, nas calçadas da avenida da praça, procurando por alguma que oferecesse um binóculo apropriado. Ele recolheu cartões de alfaiataria, lavanderia, perfumaria e floricultura, até que encontrou o objeto desejado em um minúsculo bazar: binóculo militar usado, discreto e de coloração verde-escura como o matagal que cobre a região.

Benjamim nem pediu para embalar. Com o binóculo pendurado no ombro e os nervos à flor da pele, dirigiu-se ao ponto de ônibus, no final da avenida de acesso, o qual o conduziria de volta para casa.

Após desembarcar no ponto do ônibus ao sul do vilarejo, dirigiu-se diretamente à beirada do patamar, de onde a casa de Zuri era perfeitamente visível.

Com serenidade, acomodou-se na relva baixa, à sombra de uma pequena árvore, e apontou o binóculo em direção ao alvo.

Observou que, ao redor da residência, destacava-se apenas uma pequena janela no lado esquerdo, pela qual não seria possível visualizar movimentação alguma no interior da casa. Já estava prestes a guardar o binóculo no estojo quando Zuri surgiu de maneira súbita, primeiro de perfil e, em seguida, voltando o olhar diretamente para ele.

Benjamim permaneceu momentaneamente petrificado e, em seguida, assentou-se no chão, o coração pulsando de raiva de si mesmo, enquanto observava Zuri demonstrar sua indignação, ao levantar o braço de maneira brusca, formando um ângulo agressivo de noventa graus no cotovelo. A mão cerrada, com exceção do dedo médio, que se rebelava apontando para o alto, como um *fuck you* ousado e silencioso.

O gesto agressivo era uma expressão intensa de sua ira, um desafio audacioso em meio à agitação emocional. Aquele dedo erguido, como um símbolo de rebeldia, tornava-se a personificação da frustração de Zuri, um ato de confronto que ecoava no ar, acentuando a intensidade do insucesso e marcando o instante com uma tensão carregada.

Deixar aquele platô tornou-se uma jornada árdua para Benjamim, trazendo consigo o fardo de sua ideia estúpida.

A percepção de que estava de volta ao conforto de seu lar apenas se revelou quando Samara o inquiriu sobre o vinho que deveria ser posto à mesa em que ele se encontrava sentado. Desvairado, ele não recordava onde havia deixado o binóculo nem se havia seguido o trajeto habitual ou descido pela trilha da floresta.

Após a vergonhosa sexta-feira, Benjamim optou por um fim de semana recluso. Duas telas vazias dominavam os cavaletes, enquanto garrafas de vinho se acumulavam no canto do ateliê.

Todas as noites, após a despedida de Samara, ele descia a escada, acomodando-se na sala de visitas, onde se entregava a generosas doses do peculiar Jack Daniel's Single Barrel até atingir o ponto em que a bebedeira o envolvia o suficiente para se render ao sono dos injustos.

A nova semana começou de maneira inquietante.

Lá pela quarta ou quinta-feira, ao entardecer e, diante da tela vazia montada em seu sofisticado cavalete telescópico, Benjamim segurava a formação de um toró de lágrimas e do angustiante aperto no coração.

Estava convencido de que, se nada fosse feito de maneira severa e urgente, estaria condenado a suportar uma vida monótona, amargurada, tóxica (pelo uso do álcool em ascensão) e indefinida.

Assim sendo, Benjamim sentiu uma evidente satisfação ao observar o caminhar afetado de Henrique em sua direção, sugerindo o que sua mente alcoólica interpretou como um sinal de que sua trajetória duvidosa mudaria de rumo.

— Parece que nosso ilustre pintor resolveu aparecer — comentou Henrique, que estava a alguns passos de distância. — Veio para matar a saudade de alguém ou para aproveitar uma inspiração inadiável?

— Nem uma coisa nem outra — respondeu, levantando-se para abraçá-lo. — Apenas um faniquito existencial. E a vontade de trocar ideias com alguém. Embora nos conheçamos há pouco tempo, sinto como se já fôssemos íntimos. Samara é muito competente, mas não expressa sua opinião sobre nada.

— Como assim? — perguntou Henrique.

— Ela deixa bem claro que está lá para me servir — disse Benjamim, com o olhar desanimado. — Não para me consolar e muito menos para me ensinar alguma coisa. Dá para acreditar?

— Que servidora enjoada, hein? — observou Henrique.

— Pois é! — retrucou Benjamim, apontando para o banco de jardim ao seu lado. — Sinta-se à vontade e permita-me oferecer uma dose de whisky Johnnie Walker Black Label, que eu trouxe para uma confissão de pecados.

— Você não tem jeito mesmo — exclamou Henrique, surpreendido. — Quando a história é muito complicada, a mente está ocultando algo difícil de confessar.

— Uau! — exclamou Benjamim. — Psicólogos não são mais necessários. Meus dilemas existenciais serão esclarecidos pelo dr. Henrique!

— Exagerado! — expressou. — Falando dessa forma você até me deixa constrangido.

— Quem é que precisa de psicólogos quando se tem um amigo como você? — insistiu Benjamim com a voz arrastada, colocando algumas pedras de gelo no copo do amigo. — Você tem o dom único de desvendar os mistérios mais profundos da alma humana.

— Acredite, meu caro, minha especialidade está mais voltada para a arte que para a psicologia — disse Henrique, sorrindo enquanto pegava o copo e o rodava nas mãos, escutando o barulho característico das pedras de gelo se atritando. — Mas fico feliz em me tornar seu confidente, mesmo que seja para desvendar esses faniquitos existenciais.

— Você sabe como é — comentou Benjamim. — Às vezes, a mente precisa de uma pausa, um breve afastamento da rotina para encontrar novas perspectivas.

— Você está coberto de razão — declarou Henrique, degustando o whisky. — Seu jeito de enfrentar dilemas é verdadeiramente singular, meu amigo.

— Mas não estou avançando com essa forma de lidar com meus dilemas — confessou Benjamim. — Admiro mesmo é a sua coragem de confrontar as questões de frente. Afinal, quem disse que os problemas não podem ser resolvidos com um toque de arte e um copo de whisky?

— Exatamente! — afirmou Henrique com convicção. — A vida é curta demais para não saborearmos os prazeres simples e desfrutarmos das boas companhias. E, se por acaso a pintura e a bebida conseguirem dissipar as sombras da mente, que assim seja!

— Amém! — expressou Benjamim.

— Agora só falta um ambiente ideal — retrucou Henrique, com as mãos juntas, em concha, abaixo de queixo. — E eu conheço um, aqui pertinho, que conecta o ignorado ao destilado.

Assim, os dois amigos brindaram ao encontro marcado no Status, no fim da tarde da próxima sexta-feira. Henrique esclareceu que se tratava de um lugar malvisto pela maioria, composta por pessoas que julgam sem conhecer e que não têm coragem de explorar o desconhecido.

Benjamim, por sua vez, omitiu o fato de já ter avistado o lugar pela janela do ônibus em direção à freguesia. Ele também deixou de mencionar sua curiosidade em conhecer Malaika, a mulher do anúncio, singularmente parecida com a princesa núbia de seus pesadelos.

"Primeiro é preciso julgar, para depois condenar!"

O lusco-fusco do fim da tarde de sexta-feira oferecia uma visão enternecedora aos apreciadores da beleza natural, desde o local onde Benjamim havia erguido seu cavalete de pintura à beira do lago. Os raios solares e a dança de luzes e sombras, em sua despedida entre os recortes fragmentados do morro do Cavalo, delineavam um leque irregular de feixes luminosos, percorrendo a extensão do vilarejo de maneira cada vez mais sutil e dispersando-se velozmente sobre a superfície plácida do lago.

Satisfeito com o desempenho alcançado na conclusão da paisagem imaginária, Benjamim recolheu seu kit de pintura e dirigiu-se à sua residência. Seu objetivo era vestir-se, pegar algum dinheiro e tomar o ônibus em direção ao Status, conhecido puteiro da região, embalado pelas várias doses de whisky Cutty Sark Black que havia bebido às margens do lago.

Ele ansiava por um bate-papo descontraído com seu novo amigo Henrique, buscando alívio para sua mente agoniada. Desejava, ainda, assistir à dança erótica de Malaika, a mulher retratada no anúncio do Status, que avistara pela janela do ônibus enquanto se dirigia à freguesia para adquirir o binóculo. A sua notável semelhança com a princesa núbia de seus pesadelos não passou despercebida por ele.

Sem contar a Samara que em breve sairia para encontrar-se com um amigo, Benjamim serviu-se de um copinho de whisky, virou-o num só trago e partiu rumo ao ponto do ônibus, depois que ela deixou a residência ao término de seu expediente no trabalho.

Benjamim desembarcou do ônibus fora do ponto, solicitando ao motorista que parasse em frente ao Status. Essa atitude não passou despercebida, e os demais passageiros reagiram com uma enxurrada de olhares críticos.

Após ultrapassar uma porteira simples, ele se deslocou rapidamente pela vereda em ascensão. Imediatamente após a imponente placa de marketing, que exibia a imagem da Malaika, ele chegou à entrada principal do puteiro. Com o coração acelerado, disfarçando sentimentos de expectativa, vergonha e medo, Benjamim adentrou o local assim que o porteiro liberou a porta.

O cenário que se desdobrou diante dele foi surreal. Benjamim se viu subitamente imerso na penumbra de um nevoeiro anárquico, tamanho era o número de pessoas, homens e mulheres, fumando enquanto estavam sentados em cadeiras, junto a mesas abarrotadas de garrafas, pratos e copos, ou em pé no meio do salão, dialogando animadamente. Alguns, mais afastados e solitários, encostavam-se nas paredes.

Garotas seminuas circulavam pelo local carregando bandejas e procurando as mesas dos clientes que haviam feito pedidos. Além disso, algumas mesas estavam ocupadas por mulheres desacompanhadas, vestidas com minissaias provocativas. Sorridentes, elas concentravam-se em observar o movimento do ambiente nebuloso.

Mesmo diante da meticulosa busca por Henrique, ele encontrou-se incapacitado de localizá-lo. Em virtude disso, Benjamim optou por ocupar uma mesa isolada, distante do pequeno palco, o qual se encontrava resguardado por uma cortina densa e vermelha. Essa escolha proporcionou-lhe um entorno mais reservado e propício para sua permanência solitária.

Entretanto, esse isolamento não perdurou por muito tempo. Um aroma acentuado de perfume agradável antecedeu a chegada de uma carismática mulher, com seus quarenta anos, que surgiu diante da mesa sorrindo de forma natural.

— Olá! — cumprimentou ela. — Eu sou a Veruska, responsável por garantir que ninguém fique melancólico em minha casa. O que você gostaria de beber?

— Gosto de whisky — respondeu Benjamim, surpreso. — Ballantine's, por exemplo.

— Não, não, não! — exclamou Veruska. — Bebida estrangeira que nos vendem é tudo falsificado. Temos o Drury's e o Old Eight, nacionais muito bons e não dão tanta ressaca quanto os escoceses falsificados.

— Então, Old Eight — decidiu Benjamim. — Com gelo e *club soda*.

— Aqui não tem dessas coisas — disse Veruska. — *Club soda* é coisa de gente mal-informada. É água com gás disfarçada pra vender mais caro. Vou lhe mandar uma garrafa de Old Eight, um balde cheio de gelo, água gasosa e uma garota para fazer-lhe companhia. Se você não gostar da garota, é só me fazer um sinal e, quando menos esperar, estará acompanhado de outra. Dessas coisas eu entendo!

Como que por encanto, uma das jovens, assemelhando-se às coelhinhas da Playboy, apresentou o pedido feito à afável cafetina, acompanhado de uma generosa porção de petiscos. Com clareza, a jovem elucidou que a garrafa de whisky vinha com uma fita medidora, assegurando que apenas o que fosse consumido seria cobrado ao final.

De modo igualmente mágico, uma mulher muito atraente emergiu na cena. Contagiado pelo entusiasmo e encorajado pelos diversos drinques, quando Benjamim se deu conta da situação já estava sentado com ela, lado a lado, na beirada da cama da suíte.

— Para que se sinta mais à vontade, vou lhe oferecer um cigarrinho, que eu mesma faço — disse ela, enrolando o fumo numa papeleta. — Assim faremos as coisas bem gostosinho.

— Mas eu não fumo — esclareceu Benjamim, constrangido.

— Não precisa saber — afirmou a garota, confiante. — É só fazer como vou lhe ensinar.

Então, ela pediu para que ele inspirasse e expirasse continuamente. Assim, quando ele inspirava, ela expirava a fumaça que retinha na boca, puxada do cigarrinho.

Deu certo! Benjamim mergulhou em nuvens carregadas de prazer, serenidade e confiança. Brincaram como crianças levadas, entregaram-se ao amor de uma maneira que Benjamim não fazia há muito tempo e finalizaram tomando um banho juntos. A jovem passou a esponja suavemente por seu corpo, criando uma intimidade cativante, porém fugaz.

Ao retornarem ao salão, com Benjamim flutuando sobre o piso, embriagado pelo whisky e atordoado pelos efeitos da maconha, depararam-se com Henrique sentado à sua mesa, degustando da garrafa de seu Old Eight, em companhia de um amigo, enquanto a mulher que o acompanhava, da mesma forma mágica que surgiu, desapareceu no caos do ambiente festivo.

Não houve tempo para diálogo entre eles. Benjamim ocupou a cadeira que Henrique lhe havia reservado, proporcionando uma visão distante, mas privilegiada do palco. Assim que tomou assento, como se aguardado pelo contrarregra, as luzes do salão suavizaram sua intensidade, e um foco de luz iluminou a cortina.

À medida que a cortina se desvendava, os primeiros acordes vigorosos da canção "Mein Herr", uma das composições da trilha sonora do musical *Cabaret*, ainda em cartaz nos cinemas das cidades e interpretada pela atriz Liza Minnelli, começaram a ecoar pelo salão: *You have to understand the way I am, mein Herr. A tiger is a tiger, not a lamb, mein Herr....*

Malaika surgiu em cena, sentada de maneira invertida com uma perna de cada lado do encosto da cadeira e de costas para a plateia, que uivava de tanta emoção, enquanto ela começava os movimentos sensuais, à medida que se levantava lentamente e virava-se para a plateia enlouquecida.

Sem parar de gingar, despiu-se da capa, da cartola e das longas botas, mantendo apenas o biquíni vermelho e o véu, reproduzindo a imagem da placa publicitária. Sua dança, contínua e envolvente, conduziu-a em direção ao poste vertical. Com as mãos decididas, uma acima e outra abaixo, ela o segurou com agressividade.

Dando início a uma sequência de movimentos, acrobacias e giros, cada gesto habilidoso e erótico se desdobrava com perfeição. A performance culminou no aguardado *écarté,* em que Malaika, com demonstração de força e habilidade técnica, parecia flutuar no espaço, pernas completamente abertas, girando e deslizando pelo poste vertical, de cima para baixo até repousar imóvel no piso do palco.

Com a plateia em polvorosa, ergueu-se, agradecendo os calorosos aplausos, e caminhou lentamente pelo palco até alcançar a pequena escada que conduzia à plateia. Seu propósito era convidar um dos presentes para interagir com ela no último segmento da apresentação.

Com os olhos esbugalhados e repletos de pavor, Benjamim assistia impotente Malaika aproximando-se cada vez mais dele.

— Zuri vem em minha direção, Henrique — balbuciou de modo quase inaudível. — Que eu faço, meu Deus?

— Para com essa bobagem — ameaçou Henrique, com desconforto.

— Durante toda a apresentação ela não tirou os olhos de mim — retrucou. — Tenho certeza.

— Você está alterado, Benjamim — afirmou Henrique, prevendo um desfecho lamentável para essa noite. — Ela não tirou os olhos do contrarregra que fica numa abertura da parede, acima de onde estamos sentados.

Contudo, quando todas as circunstâncias parecem conspirar para o desatino, inevitavelmente, o desfecho será desastroso. Ao aproximar-se de Benjamim, convidando-o a integrar o palco no espetáculo interativo, ele ergueu-se abruptamente. Num gesto inesperado, arrancou o véu que encobria o rosto de Malaika, evocando incansavelmente o nome de Zuri. Desnudou um semblante feio e deformado, marcado por uma mancha branca de pele despigmentada, que se estendia pelo queixo, boca, nariz achatado e parte das bochechas.

Alternadamente, Henrique puxou-o de volta à cadeira, enquanto Malaika, num ato profissional exemplar, retomou o véu das mãos trêmulas de Benjamim, recolocando-o sobre seu rosto. Em um piscar de olhos, voltou-se para o palco, caminhando entre os espectadores, sorrindo e dançando com as mãos estendidas para ambos os lados, segurando não a mão de um, mas de dois voluntários. A cena desenrolou-se tão rapidamente que apenas uns poucos espectadores mais próximos puderam testemunhar o constrangimento que ela foi obrigada a suportar.

Aproveitando os derradeiros instantes do show, Henrique dirigiu-se a Veruska, apresentando desculpas pela conduta de seu amigo embriagado e procedeu ao pagamento da conta, evitando filas. Ao término da apresentação, assim que as cortinas se fecharam, Henrique e seu amigo conduziram Benjamim até o veículo e foram embora do Status, antes que as coisas piorassem ainda mais.

Às cinco horas da madrugada, Benjamim despertou, percebendo que estava deitado no sofá da sala de visitas. Foi até a cozinha, onde ingeriu dois copos de água gelada. Ao ir para seu quarto, notou seu chaveiro jogado no chão. Surgiu nele uma vaga desconfiança de que Henrique pudesse tê-lo trazido para casa, aberto a porta e, antes de retornar para sua própria residência, arremessado o chaveiro pela janela.

Nos dias que se sucederam, Benjamim optou por permanecer em retiro voluntário em casa, fazendo um esforço consciente para evitar o consumo de bebidas alcoólicas e qualquer contato com Samara. Benjamim estabeleceu ainda sua decisão pessoal de sair de casa apenas por motivos de extrema relevância, o que acabou acontecendo ao descobrir que Henrique havia organizado outra caminhada pelas trilhas na sexta-feira subsequente.

Decidido a reverter a péssima impressão do último encontro entre eles, Benjamim resolveu participar. Conforme ele se aproximava do ponto de encontro, na entrada da trilha do morro, percebia a animada turma da rua do Lago já reunida ao redor de Henrique, conversando de modo animado.

Ao integrar-se ao grupo, desencadeou-se uma movimentação geral para organizar a fila e dar início à subida, surpreendendo Benjamim com a súbita deferência voltada a ele. Parecia que aguardavam especificamente sua presença para iniciar o programa.

A jornada até a primeira praça circular, onde o grupo se reuniu com o pessoal da rua do Meio, transcorreu serenamente, com o chão seco sob os pés. À medida que se aproximavam da segunda rotatória, onde iriam encontrar os moradores da rua em que Benjamim e Zuri residiam, suas pernas começaram a fraquejar e seu coração a disparar. Diante disso, ele optou por diminuir as passadas, com o intuito de evitar um encontro imediato com Zuri. Assim sendo, ele permaneceu discretamente na retaguarda, acompanhando a distância o movimento até atingirem o platô norte do vilarejo. A partir desse ponto, seguiram pelo acostamento da rodovia em direção ao platô sul.

Em linha reta, não foi difícil para Benjamim identificar a figura alta de Zuri, que se destacava no meio do grupo, possibilitando a ele observá-la a distância. Com a ansiedade atingindo um ponto crítico, ele percebeu que Zuri, gradualmente, deixava-se ultrapassar pelos companheiros, diminuindo cada vez mais a distância entre eles, até ficarem lado a lado no acesso à trilha da floresta.

Zuri vestia uma calça comprida camuflada no estilo Exército Brasileiro, blusa verde-musgo e carregava um binóculo, idêntico ao que ele havia adquirido na freguesia, pendurado no ombro. Os dois seguiram a caminhada juntos e em silêncio, pela primeira parte da trilha, até que Benjamim decidiu questionar se o binóculo que ela usava foi adquirido ou se ganhou de presente de alguém.

— Que nada! — Zuri respondeu com um sorriso. — Eu estava sendo observada por um cara de pau descarado lá do platô. Eu o encarei severamente, e ele logo se retirou com o rabo entre as pernas descendo pela trilha. Mais tarde, fui até lá e constatei que o intruso havia deixado um binóculo para trás.

— Que sem-vergonha! — emendou Benjamim, com uma expressão dissimulada.

— Um sujeito idiota e covarde — complementou Zuri, percebendo que haviam adentrado a parte da trilha em túnel verdejante e enegrecida.

— Além de ser extremamente tolo — disse Benjamim, soltando um leve sorriso e segurando a mão de Zuri. — Faz sentido fugir pela trilha em vez da rodovia, que seria muito mais fácil?

— Cretino! — expressou Zuri, apertando com força a mão de Benjamim.

— Filho da puta! — emendou Benjamim.

— Boçal! — acrescentou Zuri.

— Um bobo da corte sujeito ao escárnio do vilarejo — sussurrou entre lábios, ocultando o brilho de uma lágrima que se formava e elevando a mão de Zuri para beijá-la com ternura.

— Chega de falar mal do meu amor! — determinou Zuri, com autoridade, interrompendo sua caminhada para virar-se e encarar Benjamim.

— Será que já me redimi dos pecados? — perguntou Benjamim, segurando o rosto de Zuri com as duas mãos e beijando-a apaixonadamente.

— Estamos em paz — respondeu ela, desvencilhando-se do beijo, incentivando-o a prosseguir a caminhada. O túnel, envolvido por completo por arvoredos arqueados nos dois lados, em direção ao meio da trilha, proporcionava uma atmosfera íntima enquanto Zuri e Benjamim avançavam. A luz filtrada pelas folhas formava uma textura suave no chão, criando uma sensação de magia no ar. O casal compartilhava silêncios cúmplices e sorrisos furtivos, desfrutando do contato das mãos que permaneciam entrelaçadas.

— É fascinante como cada trilha que escolhemos na vida molda nosso destino de maneira inesperada — filosofou Benjamim, quebrando o silêncio.

— Às vezes, as escolhas mais desafiadoras revelam-se as mais gratificantes — concordou Zuri, apreciando a serenidade do momento.

Benjamim sorriu, sentindo-se grato pela presença de Zuri ao seu lado. A brisa suave sussurrava entre as folhas, como se a natureza celebrasse o amor que reflorescia ali.

No final do túnel, deu-se a revelação de uma clareira, iluminada pelo sol, revelando a visão deslumbrante do que parecia ser um anjo etéreo. À medida que se aproximavam, todavia, a nitidez desnudava a presença de Samara, que segurava um véu branco curto em uma das mãos e um buquê de rosas multicoloridas na outra.

Nesse instante, Benjamim suspeitou da possibilidade de uma festa surpresa preparada para eles. Antes que o pensamento pudesse amadurecer em sua mente, um indivíduo mascarado emergiu discretamente entre os arvoredos que circundavam o túnel, entregando a Benjamim uma cartola e um cajado prateados.

Zuri e Benjamim trocaram olhares reveladores, conscientes de que suas escolhas e a jornada que decidiram percorrer estavam entrelaçadas de maneira indissolúvel.

Juntos, seguiram adiante, prontos para enfrentar o inexplorado que os aguardava logo à frente. Samara, postada na entrada do túnel, sem proferir uma única palavra, dispôs o véu nos cabelos curtos de Zuri e passou-lhe o buquê de rosas.

Os dois enamorados emergiram da boca do túnel, encontrando uma aglomeração de moradores, que estavam felizes e animados com o desenrolar da situação. Abriram um caminho entre eles, no fim do qual estava disposto um altar improvisado, com tecidos estendidos nas traves assentadas nos dois lados da armação.

No centro, devidamente paramentado, aguardava o babalorixá Pai Tacques de Xangô. Ao seu lado, uma pequena mesa com uma gaiola tipo chalé, com cobertura móvel e guarnecida com um ninho interno com alçapão. No ninho estava preso um belo canário-belga vermelho e, ocupando o espaço interno restante da gaiola, um pombo branco. Nos bancos laterais do altar, encontravam-se as testemunhas da cerimônia religiosa, nos moldes do Batuque do Rio Grande do Sul.

Caminhando serenamente, Zuri (nascido Azekel Zunga) de braços dados com Ben (nascido Clóvis Valancy de Oliveira Filho) alcançaram o altar. Lá, receberam os cumprimentos do babalorixá, do primeiro casal de testemunhas Leo e Isa (nascidos Pedro Guilherme Castilho e Mercedes Lopes) e, finalmente, do outro casal Miguel e Chica (nascidos Hector Bacelar, o Rato, e Francisca Alves).

Na cerimônia simples, o babalorixá conduziu inicialmente a invocação da bênção dos orixás para a união do casal. Votos silenciosos foram proferidos perante as divindades, nos quais os nubentes expressaram compromissos mútuos. A libertação do pombo branco, em seguida, simbolizou a renovação, marcando o início de uma nova fase na vida do casal.

Após a cerimônia, na festividade subsequente, todos celebraram a união no barracão da churrasqueira.

Os participantes da festa, envolvidos na atmosfera de alegria e amor, brindaram à felicidade do casal, desfrutando do momento único. O barracão da churrasqueira se tornou palco de celebração, repleto de música animada e danças que ecoavam os votos de felicidade para o futuro.

Ao encerrar a celebração, Ben, carregando a gaiola com o canarinho-belga ocupando todo o espaço disponível, e Zuri, segurando o buquê de rosas, exaltados e felizes, começaram a jornada em direção à residência de Zuri, onde passariam a primeira noite de suas novas vidas.

Na intimidade do lar, começavam a escrever as primeiras páginas de suas vidas compartilhadas. A noite prometia ser não apenas o término de um dia especial, mas o início de uma jornada repleta de amor, cumplicidade e novas descobertas.

"Mas essa é uma outra história, que fica para uma outra vez."

FIM

FONTE Minion Pro
PAPEL Pólen Natural 80 g/m²
IMPRESSÃO Paym